guir intentando que nos acompañe. ¿Supone un problema para ti? —le preguntó, directa al grano.

—No quiero compartiros con nadie —aseveró Zuper por toda respuesta.

—Lo que quieras no es importante, solo lo que yo deseo lo es —le indicó ella con voz severa.

—De todas maneras, Karol no folla. Ni con nosotras ni con nadie —le explicó Elke compasiva—. Le gusta oler a sus amigos follando… y si se lo permiten, los observa. —Señaló las cortinas que colgaban en los extremos de la pared de espejos—. ¿Te parece mal?

Zuper miró las cortinas, los espejos, la mazmorra y por último a las chicas.

—No, siempre y cuando pueda elegir si quiero ser observado o no —respondió con sinceridad ahora que sus celos se habían relajado un poco al saber que no tendría que compartirlas.

—Siempre tendrás elección —aseveró Elke, provocando un suspiro de alivio en Zuper.

Alba asintió sonriente y, a continuación, irguió la espalda y elevó la barbilla, transformándose en la dómina que realmente era. Elke se apresuró a arrodillarse en el suelo con el trasero apoyado en los talones, la cabeza baja y las manos sobre los muslos, con las palmas hacia arriba.

—Todas las escenas que llevemos a cabo serán consensuadas, y para eso debo saber qué esperas de mí y qué estás dispuesto a aceptar. Exijo sinceridad absoluta en este aspecto, y en todos los que regirán nuestra relación a partir de este instante —declaró con severidad.

—Entiendo.

—No, no lo entiendes. Quiero que me digas, aquí y ahora, cuáles son tus fantasías.

—No… no lo sé. —Alba arqueó una ceja—. Me… me gustó que me… azotaras —musitó avergonzado. Alba asintió dedicándole una hermosa sonrisa que le instó a continuar—. También me gusta fantasear con que me atas… —dijo mirando la cruz de San Andrés—. Me excita pensar que… estoy a tu merced, que puedes hacer conmigo lo que quieras… pero solo vosotras, solo tú y Elke —repitió tras inspirar profundamente—. Nadie más puede tener ese poder sobre mí —aseveró fijando la mirada en ambas mujeres. En sus fantasías solo Alba o Elke podían castigarle y usarle, nadie más. Y no pensaba ceder en eso.

—Así será —consintió Alba acariciándole con cariño las mejillas antes de recuperar su rol de dómina—. No te obligaré a hacer nada que tú no desees, pero debes tener en cuenta que si decides jugar a mi juego, tu polla y tu placer serán míos. Solo yo decidiré cuándo te corres, cómo y con quién.

Zuper asintió con la cabeza, nervioso.

—¿De quién es la polla que cuelga entre tus piernas? —le preguntó Alba incisiva.

—Tuya —jadeó él.

—Veo que lo has entendido —asintió satisfecha—. Si quieres que te acepte como sumiso, hay unas sencillas reglas que debes seguir. La más importante ya la hemos comentado: quiero sinceridad absoluta. Si algo te molesta, lo dices. Si algo te asusta, lo dices. Si no quieres hacer algo, lo dices. Si deseas ir más lejos en el juego, lo dices. Nunca me ocultes nada. —Zuper asintió con la cabeza de nuevo—. La segunda regla hace referencia a la higiene personal. Exijo una limpieza corporal exhaustiva, y me aseguraré de que esta sea correcta —le advirtió—. No quiero ver un solo pelo cerca de tu polla, pueden convertirse en un incordio para el *bondage* —le explicó—. Quítate la camiseta. —Zuper se liberó de la prenda con manos trémulas. Estaba nervioso, y muy excitado—. No tienes vello en el pecho, estupendo. Líbrate del de las axilas, no querrás que las cuerdas se enreden en él, ¿verdad? —dijo burlona. Zuper negó con la cabeza, vehemente—. Cuando te llame a la mazmorra, deberás esperarme desnudo y en posición sumisa —señaló la postura de Elke con la mirada—, no importa el tiempo que tarde en acudir, deberás estar dispuesto para mí en los términos que exijo —le avisó mientras caminaba a su alrededor, observándole—. Todo lo demás lo iremos viendo con el tiempo —le indicó dándose la vuelta y dirigiéndose a la puerta—. Hemos acabado. Cuando quiera jugar contigo te lo haré saber —señaló antes de salir de la mazmorra.

—No te duermas en los laureles y estate preparado. Alba te puede reclamar en cualquier momento —le advirtió Elke saliendo tras su amiga.

Zuper abandonó la mazmorra tras las chicas, pero se quedó rezagado en el pasillo, intentando dominar la salvaje erección que abultaba la entrepierna de sus pantalones. Apoyó las manos en la pared y respiró lenta y profundamente. Había esperado que esa misma noche Alba le follara… pero no había sido así. Y mucho se temía que pasaría un tiempo hasta que lo hiciera. La expectación hizo que su excitación alcanzara límites inusitados. Gruñó a la vez que se llevaba las manos a la polla y se la apretaba con fuerza con la intención de calmar su erección con una pizca de dolor.

Cuando por fin entró en el inmenso salón, las chicas estaban tumbadas en sendos sofás, frente al trono rojo de

Karol. Se acercó a ellos y se sentó en un hueco que quedaba libre a los pies de Alba.

—Has cambiado mucho desde la primera vez que te vi —le dijo Karol.

—No nos habíamos visto hasta hoy —señaló Zuper huraño.

—Claro que sí. Te vi a través de las cámaras de seguridad el pasado diciembre, en el 54Sueños. Parecías algo desilusionado por lo que veías… —comentó divertido al recordar la cara de estupefacción de Zuper y su amigo al comprobar que la discoteca LGTB no era el antro orgiástico que habían supuesto—. Imagino que no era lo que esperabas.

—Tú eres el dueño de… —Karol asintió con la cabeza. Zuper suspiró—. Estoy en clara desventaja. Sabes quién soy, me has visto antes, y yo no tengo ni idea de quién eres tú.

—¿Qué quieres saber? Pregunta, y si lo creo necesario, te contestaré.

—¿Si lo crees necesario?

—Una de las cosas que debes saber de mí es que nunca miento. Jamás. Aunque tampoco digo siempre toda la verdad… a veces, simplemente callo.

Zuper miró pensativo al polaco. Parecía tener las mismas reglas con respecto a la franqueza que Alba y Elke. Bien. Querían sinceridad, y sinceridad tendrían.

—Mis amigas —remarcó él en tono posesivo— me han dicho que puedes vernos a través de los espejos de la mazmorra, pero que no participas en los juegos… aunque ellas te lo han propuesto —masculló enfadado.

—Así es. No estoy interesado en el contacto físico con otras personas, soy un ferviente seguidor del onanismo.

Prefiero masturbarme mientras huelo a mis amigos haciendo el amor que participar en sus juegos sexuales. Si además me dejan mirar… en fin, a nadie le amarga un dulce —explicó sin el menor asomo de timidez.

—¿Por qué?

Karol observó al pelirrojo con los ojos entornados antes de decidirse a revelarle sus renuencias con respecto al sexo. Al final decidió que si las chicas confiaban en él, él debería darle, aunque fuera, una oportunidad. Y además, quizá la sinceridad consiguiera que dejara de estar a la defensiva.

—Adolezco de una extraña peculiaridad con respecto al sexo… puedo olerlo. Huelo la excitación de los demás y me excito con ella —dijo dándose golpecitos con los dedos en la nariz, haciendo que su piel empalideciera ante el esmalte rojo de sus uñas—. Gracias a esta singularidad he descubierto que si hay amor entre los amantes, el éxtasis se intensifica, convirtiéndose en… placer absoluto. Algo que yo no puedo obtener en modo alguno ya que me niego a enamorarme y ceder el control de mis emociones y sentimientos a otra persona, aun en el remoto supuesto de que existiera alguien tan loco como para amarme —afirmó mientras se esforzaba por exorcizar de su mente la imagen de la ladrona—. Por tanto, la única persona que permito que me folle es aquella que sé con total certeza que me quiere: yo mismo.

—Eso es una estupidez —rechazó Zuper mirándole como si estuviera loco—. Una paja jamás puede ser comparable a un polvo, aunque no estés enamorado de la persona a la que te folles —dijo con brutal franqueza.

—Te equivocas, amigo. Quien folla sin amor solo obtiene el más volátil de los placeres —replicó Karol—. El placer como tal, crudo, vulgar, simple, está al alcance de cualquiera, sean cuales sean sus deseos o sus fantasías, ya que es nuestra cabeza, interpretando los estímulos que nos llegan a través de los sentidos, la que nos lleva al efímero orgasmo. Pero los sentidos son fáciles de engañar, basta con proporcionarles placer para que caigan en la más falaz de las mentiras, traicionándonos. Es necesario que los sentimientos intervengan para alcanzar el verdadero éxtasis. Confianza, amor, admiración, respeto... son imprescindibles para que las almas de los amantes empaticen, conduciéndolos a un placer inconmensurable que está al alcance de muy pocos.

—Chorradas. Da igual si hay amor o no, el sexo es sexo, nada más —espetó enfurruñado al ver que las chicas asentían entusiasmadas ante el estúpido monólogo del polaco.

—¿Estás seguro de eso? —le preguntó Alba en ese momento.

—Sí. Un polvo es un polvo, no importa con quién folles, lo importante es follar —afirmó antes de poder morderse la lengua.

—Cierra los ojos y túmbate —le ordenó Alba. Zuper abrió la boca para protestar, pero ella no le dejó—. ¡Hazlo!

Cuando hubo obedecido, Alba le ordenó que esperara inmóvil en esa postura y bajó a la mazmorra para regresar un instante después con un pañuelo y algunas cuerdas. Le vendó los ojos y le ató las muñecas y los tobillos al sofá, de manera que no pudiera moverse aunque lo intentara. Y por último le rodeó los muslos con otra cuerda, evitando que pudiera separarlos.

—Dame tu pañuelo, Karol —le pidió a su amigo.

Este se acercó y le entregó el pañuelo de seda salvaje empapado en Chanel N.º 5 que siempre llevaba consigo. Y luego, obedeciendo el gesto de Alba, se sentó en el suelo, junto al sofá, a la altura de las caderas del pelirrojo.

Zuper giró la cabeza intentando escuchar los pasos que le indicarían que el polaco había regresado al sillón. Se removió inquieto al ser consciente de que este permanecía frente a él.

Alba sonrió, colocó el pañuelo sobre la nariz de Zuper, privándole del sentido del olfato y, a continuación le hizo un gesto a Elke. Esta se descalzó y se arrodilló sigilosa tras Karol.

—¿Estás cómodo? —le preguntó Alba a Zuper con engañosa dulzura. El pelirrojo asintió con la cabeza—. Bien, vamos a comprobar esa teoría tuya sobre follar...

Zuper jadeó cuando sintió un leve roce en sus antebrazos desnudos, un instante después la caricia recorrió su torso por encima de la camiseta hasta llegar a su cintura. Unos dedos traviesos se colaron bajo la tela y ascendieron lentamente por su estómago, trazando espirales sobre su ombligo para a continuación deslizarse hasta su pecho y jugar con sus pezones con una cuidada sutileza que dio paso a lujuriosos pellizcos. Su pene se elevó inhiesto y de sus labios escapó un horrorizado gemido de placer. Se estaba excitando, y no sabía de quién era la mano que provocaba esa excitación. Se removió inquieto, tirando de las cuerdas que lo inmovilizaban.

—¿Te gusta? —susurró Alba en su oído.

Zuper tragó saliva, y murmuró un quedo «sí», aliviado al comprobar, gracias a su voz, que Alba estaba junto a él, que era ella quien le estaba tocando. Suspiró relajado a la vez que su pene pujaba impaciente contra los pantalones.

—Vaya, parece que tu polla está un poco alterada…
—musitó junto a él, burlona—. ¿Crees que está pidiendo
un poco de atención? —Zuper asintió entusiasta—. De-
beríamos hacerle caso, pobrecita…

La mano que le torturaba los pezones descendió hasta
su entrepierna, posándose sobre el bulto que marcaba su
rígida erección. Zuper elevó las caderas, suplicante, intentando lograr con sus movimientos aunque fuera una tímida fricción. Escuchó la hechicera risa de Alba en su
oído, y un instante después los dedos envolvieron su
verga por encima de la tela vaquera y comenzaron a moverse. Jadeó febril cuando la excitación que llevaba intentando dominar durante toda la tarde escapó de su control,
convirtiéndose en una ardiente ola de pura lujuria que recorrió todo su cuerpo y acabó instalándose inclemente en
su sexo. Intentó separar las piernas para dar acomodo a
sus tensos testículos, pero la cuerda que las ceñía se lo im-
pidió. Gimió atormentado al sentir que el tenue dolor que
nacía en su escroto se incrementaba, excitándole más aún.

—Por favor… —suplicó.

—¿Por favor, qué? ¿Quieres más? —le preguntó ella
con una voz que prometía placer.

—Sí… más.

—¿Quieres que te agarren bien fuerte la polla, sin la
restricción de los vaqueros?

—Sí… —jadeó eufórico al sentir que los dedos baja-
ban con lentitud la cremallera de los pantalones y luego
se quedaban inmóviles.

—Pídelo con educación —le exhortó ella.

—Por favor, dómina. Deja que me corra…

—No —rechazó Alba divertida—. Aún es pronto.

Zuper echó la cabeza hacia atrás y todo su cuerpo se

tensó al sentir como los dedos envolvían su ansiosa polla y la masturbaban despacio, hasta que se encontró al borde del orgasmo. En ese momento se detuvieron y comenzaron a recorrer toda su longitud con las yemas, volviéndole loco, hasta que la dócil caricia dio paso al roce casi doloroso de unas afiladas uñas. Exhaló un ronco gruñido a la vez que todo su cuerpo temblaba, preso del extraño goce que surgía al mezclar dolor con placer.

—¿Estás disfrutando? —inquirió Alba en su oído.

—Sí, dómina…, por favor… más —jadeó alzando las caderas al sentir los dedos jugar sobre su glande con extrema suavidad. Estaba al borde del éxtasis, pero para llegar a él necesitaba una caricia más enérgica.

—¿Más, qué? —le preguntó Alba. Zuper giró la cabeza, inquieto. Ya no estaba junto a él, no le susurraba al oído. Se había apartado de su lado, pero aun así seguía sintiendo su mano sobre la polla—. Responde la pregunta —le instó ella con severidad.

Los dedos que le atormentaban el glande descendieron volátiles hasta los testículos, agasajándolos con excesiva sutileza.

—Más fuerte… —suplicó, no se le ocurría otra palabra mejor para describir lo que necesitaba.

—Más fuerte, ¿qué? —le reprendió ella. Su voz cada vez más lejana.

—Más fuerte, por favor, dómina… —Lloriqueó alzando las caderas cuando las caricias en los testículos fueron sustituidas por dulces roces de las uñas—. Más duro por favor, quiero el dolor…, dómina.

—Eso está mucho mejor —aceptó Alba complacida—. No te olvides nunca de ser educado.

Zuper giró la cabeza, con todos sus sentidos alerta al escuchar la voz de Alba apartada de él. Ya no estaba a su lado...

—¿Dómina? —dejó de respirar y escuchó atentamente. La risa que brotó de los labios de la joven le llegó desde un lugar detrás de él, alejado de él—. ¿Dónde estás?

—¿Acaso importa? Sexo es sexo, da lo mismo quién te folle... —le devolvió ella sus palabras en el mismo instante que las uñas se hincaban con suavidad en el tallo de su polla y unos dientes arañaban con cuidado su glande a la vez que una lengua jugaba con la abertura de su uretra.

—¿Elke? —jadeó Zuper alzando las caderas sin poder evitarlo. Tenía que ser la alemana. Ella también tenía las uñas largas. Era ella quien le estaba tocando, y chupando, seguro.

—Me encanta el contraste que hacen tus uñas sobre la piel rosada, Karol —comentó Alba en ese instante.

—Fue un acierto que me las pintaras de rojo —admitió el polaco.

Zuper se hundió en el sillón, apartándose todo lo que pudo del sonido de la masculina voz que surgía justo a la altura de su polla... incluso había sentido el cálido aliento deslizándose por el glande humedecido por la saliva.

—¿Qué pasa, Zuper, no te gusta? —inquirió Alba burlona al comprobar que la firme erección comenzaba a decaer—. Me temo que vas a tener que esforzarte un poco más, nuestro ardiente muchacho está perdiendo rigidez —le dijo a... alguien.

El pelirrojo frunció el ceño al escucharla, ¿a quién había dirigido Alba ese comentario? ¿A Karol? ¿A Elke? Un segundo después de que la voz de la joven se apagara, Zuper sintió unas fuertes manos posarse sobre sus muslos, sujetándolos. Incapaz de contenerse, comenzó a tirar con fuerza de las ligaduras de sus muñecas y tobillos, intentando alejarse, aunque no sirvió de nada. Largos mechones de pelo le acariciaron la ingle desnuda mientras unos labios ansiosos devoraban su polla, introduciéndola en una boca que no sabía a quién pertenecía. Vio en su mente el largo cabello negro de Karol sobre su sexo, sus labios devorándolo mientras sus uñas pintadas de rojo ascendían por sus muslos hasta rozar sus testículos... Su erección mermó.

—Alba, no... —suplicó presa del desconcierto. Alba no podía hacerle eso. Había dicho que los juegos serían consensuados, que no le obligaría a aceptar nada, y él había creído sus palabras, confiado en ella...

—¿No te gusta? ¿Por qué? Solo es un poco de sexo, un orgasmo más... No puedes ver, solo sentir.

—Por favor..., Alba, no... —gimió aterrado mientras alguien continuaba comiéndole la verga, cada vez más flácida.

—¿No, qué?

—No lo quiero a él en mi polla —siseó aferrándose a las cuerdas que envolvían sus muñecas.

—¿Cómo sabes que es Karol quien te la está comiendo? —inquirió Alba burlona—. Y, aunque así fuera, ¿qué más da quien te dé placer? Es solo sexo. Te estaba gustando, y mucho, hace un instante —le recordó con afable suavidad.

—No me gustan los hombres —farfulló Zuper hundiendo el trasero en el blando asiento.

—Entonces la solución es sencilla, imagina que es Elke —propuso Alba. Zuper negó vehemente con la cabeza—. ¿Qué más da? Estás ciego, es imposible que puedas distinguir las caricias de Karol de las de Elke, por tanto no debería importarte —afirmó ella con rotundidad—. Sexo es sexo, ¿recuerdas?, tú mismo lo dijiste. —El pelirrojo volvió a negar con la cabeza—. ¿Por qué cuando creías que éramos nosotras las que te dábamos placer estabas excitado, y ahora no? Recapacita sobre ello, Zuper.

Zuper dejó de removerse contra sus ataduras. La voz de Alba le instaba a meditar, a ver más allá de lo que su mente se empeñaba en rechazar. Tenía razón, el problema no era que Karol fuera un hombre, con los ojos cerrados no podía verle. Y sus caricias eran iguales a las que podía recibir de una mujer.

—No le conozco, no sé cómo es, cómo piensa, cómo siente... No le quiero… —musitó—. No confío en él.

—Y, sin embargo, a nosotras nos quieres… —Zuper asintió con la cabeza—. ¿Confías en mí? —le preguntó con suavidad, su voz acercándose de nuevo a él.

—No lo sé… —respondió con sinceridad—. Me siento traicionado, dijiste que no me obligarías a hacer nada que yo no quisiera, aceptaste que solo tú o Elke jugaríais conmigo…

—Los sentidos pueden traicionarte —murmuró Karol junto a él. Zuper imaginó que era su aliento el que le bañaba la polla, sus dedos los que jugaban con sus testículos—. No elimines los sentimientos de la ecuación.

Zuper negó con la cabeza, le habían privado de la vista y del olfato. No podía saber quién le estaba proporcionando placer, pero Karol había asegurado que jamás participaba en los juegos, y que nunca mentía. Y Alba… ella y Elke le habían prometido que no harían nada que le disgustara y él las había creído. Su corazón, su alma y su cuerpo confiaban en las dos jóvenes. Solo su cabeza se resistía a creer en la sinceridad que ellas le habían ofrecido por culpa de lo que el sentido del oído le transmitía. Y los sentidos mentían.

—Confío en ti, Alba. Es Elke quien me está tocando —afirmó sin ninguna duda.

El pañuelo fue arrancado de sus ojos, permitiéndole por fin ver. Alba estaba de nuevo junto a él, de pie. Karol le miraba divertido, sentado en el suelo, a la altura de su entrepierna. Y Elke... Elke estaba arrodillada tras Karol, inclinada sobre sus muslos atados, con los labios a un suspiro de su pene.

—Nada es lo que parece. El sexo no es solo sexo, y el verdadero placer, solo se consigue si los sentimientos intervienen —afirmó Alba sentándose a horcajadas sobre su polla de nuevo rígida—. Si te privan de los sentidos, no puedes saber quién te acaricia, pero si estás enamorado, tu mente es capaz de descifrar si quien te acaricia, te besa, te folla, es aquel al que tú amas, y si es así... experimentarás un placer inconmensurable al alcance de muy pocos —repitió las palabras que Karol había dicho minutos atrás a la vez que empezaba a moverse suavemente sobre él—. Pórtate bien y no te corras —susurró inclinándose sobre él hasta que sus labios quedaron a un suspiro de los del hombre.

Zuper elevó la cabeza, intentando besarla, deseando más que nada en el mundo sentir la dulce caricia de su boca. De su lengua.

—No, Zuper —le reprendió ella con cariño a la vez que se apartaba y detenía los movimientos de sus caderas—. Todavía no te has ganado el privilegio de besarme

—musitó recorriendo su torso con un dedo por encima de la camiseta.

—¿Cuándo? —inquirió él con voz ronca.

—No tengas tanta prisa. Antes de suplicar privilegios, debes demostrarme que los mereces —le advirtió ella moviéndose de nuevo sobre su polla.

—¿Cómo?

—Siendo un buen sumiso.

Zuper cerró los ojos al sentir la fricción que el sexo de Alba ejercía sobre el suyo. Imaginó que estaba desnuda sobre él, que era su húmeda vulva la que le frotaba la polla. Alzó las caderas, desesperado por intensificar las sensaciones y alcanzar el orgasmo. Y ella se apartó de él, dejándole frustrado y al límite.

—¿Dómina? —Abrió los ojos, y la vio erguida sobre él, lo suficientemente alejada para que por mucho que alzara el trasero su verga no pudiera tocar su coño cubierto por los pantalones cortos de algodón. Le estaba castigando, comprendió—. ¿Qué he hecho mal? —gimió pesaroso.

—No estás siendo un buen sumiso.

—No sé cómo serlo.

—Yo te instruiré, solo necesitas paciencia para aprender —afirmó volviendo a sentarse sobre su erección—. Te enseñaré el placer de esperar, de desear sin medida… —Acarició los pezones masculinos por encima de la camiseta, hasta que estos se irguieron y pudo pellizcarlos entre sus dedos. Zuper jadeó con fuerza y alzó de nuevo la pelvis. Ella volvió a apartarse de él—. Aprenderás a mantenerte inmóvil, a suplicar en silencio, a implorar con la mirada…

Zuper apretó los dientes y obligó a sus caderas a descender.

—Descubrirás que todo sacrificio tiene su recompensa. —Alba frotó de nuevo el vértice entre sus muslos contra la erecta verga, y, a continuación, miró a Elke y asintió con la cabeza.

Zuper se tuvo que morder los labios para no gritar de placer cuando la alemana se arrodilló junto a su costado, le subió la camiseta hasta dejar al descubierto su pecho lampiño y comenzó a jugar con sus tetillas, pellizcándolas con fuerza para luego calmarlas con lánguidas caricias de su lengua.

—Te enseñaré a controlar tus orgasmos, tu placer —continuó diciendo Alba sin dejar de cabalgar sobre su dolorido pene—, y tú aprenderás que mi voluntad es el más poderoso de los placeres… que solo sometiéndote a mí te otorgaré el privilegio de oír mi voz llevándote al orgasmo —declaró moviéndose más rápido, más fuerte, más salvaje.

Zuper apretó con fuerza los dientes mientras luchaba por no sucumbir al demoledor orgasmo que amenazaba con estallar. Alba aún no le había dado permiso para correrse… La miró suplicante, reverente.

—Has de saber que la voz es el más ínfimo de los privilegios, el más fácil de conseguir —musitó rotando despacio las caderas—. Si logras dominar tu impaciencia, si consigues controlarte y someter los dictados de tu polla a mi voluntad obtendrás el privilegio de la piel. —Posó un dedo sobre el vientre desnudo del joven y todo su masculino cuerpo tembló por el electrizante contacto.

Zuper abrió los labios en un sordo gemido que no llegó a emitir, y mientras los estremecimientos previos al orgasmo se sucedían por todo su ser, se dio cuenta de que era la primera vez esa tarde que ella le tocaba piel con piel. La primera vez que sentía su tacto sobre su cuerpo desnudo.

—Recuerda —le exhortó Alba aumentando la fricción que ejercía sobre la impaciente verga a la vez que las caricias de Elke sobre sus tetillas se hacían más feroces, más dolorosas, intensificando su placer—. Todo sacrificio obtiene su recompensa. Cuanto más te esfuerces por someterte a mi voluntad, cuanto más ignores tu placer y te sometas al mío, más privilegios obtendrás. Privilegio de piel… —Recorrió con el dedo su bajo vientre hasta posarlo sobre los pantalones, privándole del placentero contacto y arrancándole un gemido atormentado—. Privilegio de labios… —se inclinó hasta que su boca casi se unió a la de él. Los ojos de Zuper se humedecieron al comprender que aún no se había ganado el derecho a besarla—. Privilegio de sexo… —le guiñó un ojo con picardía antes de retomar su posición erguida. Un sollozo sacudió el pecho del hombre al sentir el orgasmo rugiendo inminente en su interior, anunciándole que estaba a punto de perder el único privilegio que había ganado, el de correrse bajo su voz—. Hasta que el aprendiz se convierta en maestro y su voluntad sea tan fuerte como la mía —sentenció Alba, alentándole a seguir luchando—. Puedes correrte.

El placer estalló con fuerza al escuchar su orden. Recorrió veloz cada vena del cuerpo masculino y tensó cada músculo, hasta que todo él convulsionó, estremecido por un orgasmo que parecía no tener fin. Y mientras se sacudía de gozo, gritaba de placer. Y con cada ronco grito que escapaba de su garganta, un reguero de esperma abandonaba sus testículos en una eyaculación que parecía no tener fin.

—Muy bien, déjate llevar. No tengas miedo, estoy aquí, contigo. Deja que te inunde, que te domine, que te aturda... Doblégate ante el placer sin dejar de mirarme a los ojos. Dame el regalo de tu éxtasis —susurraba Alba sin dejar de moverse sobre él—. No puedes siquiera imaginar lo hermoso que eres, lo preciado que es tu orgasmo, cuánto me complaces —jadeó mientras su dulce cuerpo femenino se sacudía por el intenso placer que convergía en el punto en que tocaba al masculino.

Y en la postrimería del éxtasis, cuando los músculos del hombre temblaron exhaustos y sus ojos se cerraron ocultando la humedad que los inundaba, ella se inclinó sobre él y le susurró palabras de amor y exaltación, de lucha y pasión, de fuerza y sumisión, hasta que él la miró y sonrió.

—Esto es solo una pequeña muestra de lo que puedes llegar a obtener... ¿Vas a luchar contra tu cuerpo y tus deseos por mí? —le dijo entonces, retirándole con cariño un mechón pelirrojo que había caído sobre su frente.

—Siempre.

Alba premió sus palabras con una caricia apenas esbozada y una sonrisa radiante que aceleró de nuevo el corazón del hombre. Y a continuación le desató con rapidez mientras le mimaba y acariciaba por encima de la ropa.

—No. Descansa, tómate tiempo para recuperarte, ya has demostrado que mereces ser mi sumiso. Ahora, relájate —le ordenó cuando él hizo ademán de incorporarse.

Zuper asintió, miró a su alrededor y abrió mucho los ojos, consciente al fin de dónde estaba, de quién le rodeaba y de lo que había hecho. Observó a Karol, estaba sentado de nuevo en su trono de sangre, con una pierna sobre uno de los reposabrazos y el pie desnudo de la otra en el suelo. Sus muslos separados permitían ver sin lugar a dudas la tremenda erección que se elevaba bajo sus pantalones rojos, cuyo raso oscurecido en algunos puntos anunciaba las lágrimas de placer que había derramado su polla. Una polla a la que el polaco no prestaba la menor atención, ya que estaba hablando tranquilamente con Elke. La alemana, que se había recostado en un sofá frente a él, tenía los pezones erizados por la excitación y los muslos apretados uno contra el otro, pero aparte de eso, nada en su actitud indicaba que esperara o anhelara alivio.

Zuper tragó saliva y luchó por entender la conversación que mantenían y a la que se acababa de unir Alba tras sentarse junto a Elke. Parpadeó asombrado. ¡Estaban hablando de laca de uñas! Acababan de asistir al orgasmo más arrebatador, extenuante y brutal que había sentido en su vida, y no le hacían el menor caso. Como si fuera algo normal. Como si no pasara nada. Miró de nuevo a Karol y este le sonrió a su vez.

—¿No te han convencido todavía para que les dejes pintarte las uñas? —le preguntó guiñándole un ojo.

Zuper negó con la cabeza, aturdido por la marea de agradecimiento que le inundó al darse cuenta de que no le estaban ignorando, sino que simplemente aceptaban y normalizaban lo que había pasado. No le miraban extrañados por su deleite al someterse, ni le juzgaban por dejarse llevar por el deseo, simplemente estaban ahí, hablando, dándole tiempo a recuperarse, impidiendo con su charla distendida que se sintiera incómodo.

—No… —Carraspeó y tragó saliva, tenía la garganta seca por los jadeos que apenas un instante atrás habían escapado de sus labios—. No me lo han propuesto todavía

—musitó en referencia a la pregunta que le había hecho Karol.

—¿Y si te lo propusiéramos, aceptarías? —inquirió Alba mirándole con atención.

—No. No me gustan las uñas pintadas en los hombres —rechazó él fijando sus ojos en los de la joven.

Esta premió su sinceridad con una radiante sonrisa y, al instante siguiente, los tres, Alba, Elke y Karol, comenzaron a enumerarle divertidos las ventajas de tener las uñas pintadas. Zuper sonrió. Por mucho que lo intentaran, no le iban a convencer.

—Los sentidos son fáciles de engañar, basta con proporcionarles placer para que caigan en la más falaz de las mentiras, traicionándonos —musitó Karol horas más tarde en la soledad de su habitación de la Torre—. Ojalá lo hubiera sabido hace tres años, me hubiera ahorrado mucho dolor.

Tumbado desnudo sobre su enorme cama roja, miraba su reflejo en los espejos del techo mientras meditaba en todas las veces que sus sentidos le habían engañado. En todas las veces que les había dejado engañarle. En todas las palabras de amor que Laska había pronunciado y que él había creído. En las pocas palmadas cariñosas que su padre le había dado en la espalda y que él había atesorado y anhelado. En la multitud de miradas de admiración que había recibido de sus compañeros y aliados, y en las que había confiado. Oído, tacto y vista. Tres sentidos. Y los tres le habían mentido.

Rememoró letra por letra la nota manuscrita que Tuomas le había dejado el verano pasado. En ella le ase-

guraba que aún era su amigo… Y, cada vez que sus dedos rozaban el arrugado papel, cada vez que sus ojos
leían las palabras y sus labios las pronunciaban y sus oí-
dos las escuchaban, Karol se sentía inclinado a creer que
lo que Tuomas había escrito era verdad, que todavía podía confiar en el que fuera su más querido amigo, su
confidente, su compañero de juegos… Solo su cabeza le
impedía volver a caer en la trampa de la mentira, recor-
dándole la traición de Tuomas y el dolor, físico, pero sobre todo sentimental, que derivó de ella.

No. No podía confiar en sus sentidos. Le traicionarían.
Y eso le llevaba de nuevo a ella, a su ladrona. Todo su ser
clamaba por volver a verla, a escucharla, a sentirla, a saborearla, a olerla… Sus cinco sentidos creían que ella era
especial, que había sido creada para él. Y Karol sabía que
esa era una nueva mentira más en la que debía evitar caer.
Solo que en esta ocasión, incluso su cabeza la creía. No
había nada racional en el deseo que sentía por ella, en la
angustia que le dominaba al llegar el domingo y saber
que debía esperar siete días para verla, en el alivio que le
recorría cuando por fin llegaba el viernes. En la euforia
que sentía durante las horas previas a su encuentro. Una
euforia que le impedía dormir, comer, pensar…

Frunció el ceño, disgustado, al sentir que la erección
que creía olvidada volvía a revivir. Se pellizcó el glande
con el índice y el pulgar hasta que el dolor obligó al placer a retirarse y centró la mirada en la enorme luna que
podía ver más allá de las ventanas. Alejó de su mente
cualquier imagen de la esquiva ladrona, decidido a ale-
jarla de sus sueños aunque fuera por una sola noche. Estaba harto de que dominara su descanso, su placer y su
cuerpo. Harto de amanecer cada mañana sobre sábanas

manchadas de semen. Harto de perder el control que tanto le había costado conseguir por culpa del engaño de sus sentidos.

Ignoró el cansancio y mantuvo los ojos abiertos por la pura fuerza de su voluntad, pero al final, hasta la voluntad más férrea pierde la batalla. La ladrona se dibujó en el interior de sus párpados, y Karol volvió a verse reflejado en su mirada, escuchó de nuevo el gemido de placer que emanó de sus preciosos labios cuando la tocó por primera y única vez y volvió a inhalar su aroma especial, apasionado y único. Y, antes de que pudiera darse cuenta de lo que hacía, su polla estaba erecta y sus manos trabajaban sobre ella. Despertó en mitad del éxtasis. Un éxtasis arrebatador, intenso, poderoso... Inconmensurable.

Un éxtasis que él no debería poder sentir... porque lo inconmensurable solo estaba destinado a los enamorados. Y él no lo estaba.

Suspiró profundamente, ahíto de placer y volvió a cerrar los ojos. Pero no se rindió al cansancio. Tenía cosas importantes que pensar, como por ejemplo, averiguar la manera de controlar sus sueños.

La iniciación

12 de abril de 2010

ESTARÁS EN LA MAZMORRA A LAS OCHO.

Zuper había recibido el SMS de Alba a las cinco y media de la tarde, y desde entonces estaba corriendo.

«No te duermas en los laureles, Alba te puede reclamar en cualquier momento», le había advertido Elke, y ¡joder!, tenía que haberle hecho caso, de hecho se lo había hecho… los dos primeros días. Pero, tras más de una semana sin que le hubieran reclamado en la mazmorra, se había relajado un poco. Un poco bastante. Tenía que haber intuido que su falta de respuesta cuando les preguntaba por la fecha para una nueva «reunión» era uno más de sus juegos de poder. Pero ¡él era nuevo en esos menesteres y no tenía ni idea de cómo iba el juego! Por ello, como el pardillo inocentón que era, había pensado que Alba estaría liada con los estudios y que por eso no podía decirle cuándo volverían a la mazmorra… y claro, se había relajado. ¡Qué ingenuo había sido! Pero… ¡Cómo iba a imaginar que le avisaría con poco más de dos horas de anticipación!

Ciento cincuenta minutos en los que había corrido como nunca en su vida.

Había tenido que rasurarse las axilas y la ingle. ¿Quién iba a pensar que el jodido pelo creciera tan rápido en esas zonas? Se lo había quitado la misma noche que regresó del Templo, y luego no había vuelto a pensar en ello... sabía que a las mujeres la depilación les duraba al menos dos semanas. ¡Por qué a él no! ¿Tendría algo que ver con la cera que ellas usaban? Y también estaba el tema de lo mucho que picaba al salir... por eso no había tenido prisa en volver a rasurarse cuando al cabo de un par de días vio que tenía un ligero, ¡ligerísimo!, asomo de vello, desde luego no la mata de pelo que lucía cuando había leído el SMS.

Con las prisas se había cortado, no la polla ni los huevos, ¡gracias a Dios!, pero sí una zona muy sensible junto a estos... y mejor no hablar de la escabechina de las axilas. ¡Cómo podían tener tantos recovecos unos simples sobacos que no servían para nada que no fuera atufar cuando se olvidaba del desodorante! Se había duchado prestando especial atención a no dejar ningún centímetro de piel sin frotar, se había lavado los dientes a conciencia y luego se había vestido... y justo cuando creía que estaba listo, la duda le había corroído. ¿En la estricta higiene personal que Alba exigía entraban también las orejas? No podía tenerlas sucias, se lavaba la cabeza a diario... pero, solo por si acaso, les dio un repasito con un bastoncillo de algodón. Estaba a punto de salir de casa, cuando se dio cuenta de otra cosa... ¡Las uñas! Les dedicó una mirada escrutadora, y a la postre decidió que quizá las tenía un poco largas, aunque Karol las llevaba mucho más largas, claro que este se las pintaba, y él no pensaba hacerlo ni por todo el sexo del mundo. Bueno… quizá por todo el sexo del mundo, sí. No obstante, se las recortó y hasta le pidió una lima a Héctor para dejarlas más suaves y redonditas. Cuando se miró en el espejo, no se reconocía a sí mismo. ¡Estaba hecho un querubín! Pero, joder, ¡era complicadísimo ser metrosexual! Y además, se perdía un montón de tiempo. Una hora exactamente.

Lo que le dejaba noventa minutos para llegar al Templo, lo que no supondría ningún problema si tuviera coche. ¡Pero no lo tenía! Y pagar un taxi desde la Mata, dónde él vivía, hasta el recóndito lugar en el que residía Karol mermaría mucho su ya de por sí muy reducida reserva de dinero. Por tanto, tuvo que armarse de paciencia y usar el transporte público, por lo menos hasta Santa Pola, porque a partir de allí no le quedaba más remedio que apoquinar un taxi. ¡Por qué demonios se le ocurriría a Karol vivir en mitad de ninguna parte!

Y ahí estaba ahora, a las puertas del Templo, diez minutos antes de la hora fijada.

Esperó impaciente hasta que las puertas de la finca se abrieron, atravesó a la carrera el larguísimo camino de baldosas amarillas y penetró por fin en la casa. Y allí se encontró con que Alba estaba en el salón, vestida con un albornoz que la tapaba entera y, ¡jugando a las cartas con Karol! Tan tranquila. Tan feliz.

Carraspeó.

Ninguno de los jugadores levantó la mirada.

—¡Hola! —exclamó algo aturdido. ¿Qué hacía Alba jugando cuando solo faltaban… —miró el reloj de su muñeca— cinco minutos para las ocho?

—Vas a llegar tarde —le advirtió la joven sin levantar la mirada de la mesa.

—No... Ya estoy aquí —farfulló lo obvio.

—No te he citado en el salón, sino en la mazmorra, y si no recuerdo mal, te expliqué con precisión cómo debías recibirme. —En ese momento levantó por fin la mirada—. ¿Tengo que volver a repetir mis órdenes? —le amenazó.

Zuper abrió mucho los ojos, tragó saliva, y tras asentir con rapidez, abandonó el salón a la carrera. ¡Tenía menos de cinco minutos para desnudarse y colocarse en posición sumisa!

Al entrar en la mazmorra se encontró con Elke, ya preparada, en mitad de la estancia. Se apresuró a desnudarse, se arrodilló junto a ella y observó con atención la puerta. ¡Había llegado a tiempo por los pelos!

—A Alba no le gusta nada el desorden —susurró la alemana en ese momento.

El pelirrojo miró a su compañera y se encogió de hombros. ¿A qué venía eso ahora?

—Recoge la ropa y dóblala. Como se la encuentre así se va a enfadar... —siseó Elke.

Zuper dirigió la mirada hacia el lugar donde se había desnudado. Los pantalones estaban arrugados en el suelo con los calzoncillos enredados en ellos, la camiseta había caído encima del sofá algo apartada de la cazadora y las deportivas estaban una junto a la puerta y la otra, cerca de la camilla articulada. De los calcetines no había ni rastro. Se miró los pies. ¡Todavía los llevaba puestos!

Se levantó apresurado, recogió todas las prendas, y las colocó, más o menos dobladas, sobre un arcón de madera, junto a las de la alemana. Regresó a la carrera a su posición de sumiso, y justo entonces se dio cuenta de que los calcetines seguían en sus pies. Se levantó de nuevo, y dando saltitos a la pata coja mientras se los quitaba, fue hasta el arcón, y los escondió en el interior de las deportivas.

Y mientras tanto, Elke le miraba divertida a la vez que se mordía los labios para no soltar la carcajada que pugnaba por escapar de su garganta.

—Dijo a las ocho, ¿verdad? —la preguntó Zuper cinco minutos después. Elke asintió con la cabeza y continuó inmóvil.

Zuper escudriñó la puerta y aguzó el oído intentando escuchar los pasos de Alba en la antesala que daba a la mazmorra. Tras dos minutos de espera, se llevó las manos a la nuca y se estiró. Volvió a colocarlas sobre sus muslos, no fuera a llegar Alba y se enfadara por no encontrarle bien colocado. Se rascó una pierna. Se rascó la otra. Y ya que estaba también se rascó la tripa. Giró la cabeza a un lado y a otro, observó por el rabillo del ojo a Elke, ¡parecía una estatua!, ni siquiera pestañeaba. Miró la puerta con los ojos entornados, se rascó el pecho con descuido, y al final decidió que no pasaba nada por levantarse e inspeccionar un poco la mazmorra.

—¡Zuper! —siseó Elke al verle pasear por la estancia como quien da una vuelta por el parque.

—Ahora vuelvo… —respondió él parándose ante la cruz de San Andrés. El estómago le dio un vuelco al imaginarse atado a ella y su pene, por supuesto, decidió mostrar su alegría alzándose impaciente.

Giró la cabeza y observó las cortinas que tapaban la pared de espejos. Las chicas tenían que haberlas corrido por deferencia a él. Sonrió. ¡Eran encantadoras! Su mirada voló de las cortinas a la puerta, de esta a las cortinas, y de nuevo regresó a la puerta. No parecía que Alba fuera a darse prisa en acudir a la mazmorra. Se encaminó hacia la pared de espejos. Separó un poco los pesados cortinajes rojos que la ocultaban y, estrechando los ojos, pegó la nariz al cristal. No vio nada, aparte de su propio rostro deformado por la presión que ejercía contra el pulido material. Se separó unos centímetros, se mordió los labios, pensativo, y al final descorrió las cortinas. Si a las chicas les gustaba que Karol mirase, él no perdía nada por probar... al fin y al cabo, siempre podía pedirle a Alba que cerrara las cortinas si se sentía incómodo. Y estaba seguro de que la complacería encontrárselas descorridas.

Se separó unos pasos de la pared, y giró sobre sí mismo, buscando algo más que le llamara la atención. Lo encontró. La camilla articulada ofrecía todo un mundo de posibilidades y él quería investigarlas...

—¡Zuper! ¡Quieres hacer el favor de venir aquí y ponerte de rodillas! —le llamó Elke en voz baja, intentando disimular la diversión que le producían sus paseos.

—Ahora voy... no hay prisa. En cuanto vea que el picaporte gira y la puerta se abre, me coloco. Me da tiempo de sobra.

Elke abrió los ojos como platos, estupefacta por su descaro, aunque, tendría que habérselo imaginado. Zuper era un pillo en la vida real, por lo tanto, también lo sería en los juegos de D/s.

—Tienes que obedecer las órdenes —susurró—. Si Alba se entera de que no te lo tomas en serio...

—¿Y quién se lo va a decir? ¿Tú? No eres una chivata —afirmó Zuper dedicándole su sonrisa más traviesa—. Ojos que no ven, corazón que no siente —sentenció guiñándole un ojo.

Elke parpadeó, atónita por su inocencia, y luego dirigió la mirada a la pared de espejos, para al instante siguiente volver a fijarla en el pelirrojo.

—Te recuerdo que Alba tiene acceso a la sala de Karol…

Zuper abrió mucho los ojos y con la espalda tensa se giró hacia los espejos… un segundo después estaba arrodillado junto a Elke.

—¿Crees que está mirando? —susurró poco después.

—No lo sé, y se supone que no debemos saberlo. La espera forma parte del juego, consigue que nos sintamos confusos e impacientes al no saber cuándo vendrá, que deseemos que llegue el momento en que nuestra dómina nos otorgue el privilegio de verla…

—Pues a mí me parece un verdadero coñazo —masculló Zuper, arrancándole una carcajada a la alemana.

—Tenemos que estar en silencio, meditando sobre los juegos que ella tiene preparados para la sesión…

—Ah. —Zuper cerró los ojos y meditó, tal y como le había indicado Elke. Una idea se abrió paso en su mente y su pene, semierecto, se tornó rígido—. ¿Si le cuentas que he estado cotilleando me castigará? —le preguntó con una enorme sonrisa en los labios.

Elke suspiró y negó con la cabeza. ¡Era imposible concentrarse con tanta cháchara!

—Créeme, Zuper, no quieras que te castigue por no obedecer sus órdenes…

—Oh, sí. Sí quiero.

—No, no quieres. —Él asintió entusiasta con la cabeza—. No lo entiendes —dijo Elke con un suspiro—. Alba sabe que te gustan los azotes… y te castigará para darte placer si la desafías mansamente y a ella le divierte tu desafío. Tienes que… —negó con la cabeza sin saber cómo explicarse—. ¿Recuerdas la primera vez que te castigó, en casa? —Él asintió con la cabeza—. Yo la desafié al aconsejarte que fueras despacio, pero lo hice para que el juego fuera más interesante, y para reclamar su atención hacia mí, y eso la complació, por eso mi castigo fue introducirme en vuestro juego, algo que estaba deseando que pasara. Me premió con el castigo que deseaba porque mi desafío era bueno para el juego. ¿Lo entiendes? —Zuper asintió con la cabeza—. Pero tú no la has desafiado, simplemente no te has tomado en serio tu sumisión y has ignorado a propósito sus órdenes, y eso no le va a gustar nada. Si se entera de lo que has hecho, el castigo que te impondrá no será un premio, sino un correctivo.

—¿Qué clase de correctivo? —inquirió Zuper acobardado.

Una cosa eran unos pocos azotes, y otra muy distinta que Alba sacara el látigo y le dejara sin piel… lo segundo no lo excitaba en absoluto. Pero nada, nada. Tragó saliva. Si esas eran sus intenciones, desde luego que no iba a permitirlo. Aunque le expulsaran del juego.

—¡Elke! ¿Qué clase de correctivo? —repitió angustiado al ver que la alemana no respondía.

—¡No lo sé! —siseó ella.

—Pero… ¿Dolerá mucho?

—¿Doler… físicamente? —Zuper asintió—. No, por supuesto que no. No dolerá… será mucho peor.

—¿Cómo de peor? —jadeó el pelirrojo.

La alemana bajó la cabeza, de manera que su larga melena le ocultó la cara y la sonrisa burlona que se dibujaba en sus labios.

—¡Elke, contesta! —insistió dándole un ligero codazo.

—Los sumisos no cotorrean —le advirtió arqueando una ceja.

—No te chivarás… ¿verdad? —suplicó él.

Elke puso los ojos en blanco y negó con la cabeza. ¡Zuper era incorregible!

—Elke… —comenzó a decir el joven, pero se detuvo al ver que la puerta se abría.

—¿Habéis hecho algo que no debierais en mi ausencia? —preguntó Alba con dureza al entrar en la mazmorra.

Zuper negó con la cabeza mientras la contemplaba embelesado. Se había retirado el flequillo de la cara y recogido el pelo en una coleta, transformando su angelical rostro en pura severidad. Vestía un ajustadísimo corsé de cuero negro y unos *shorts* a juego, y sus pies se alzaban sobre los altísimos zapatos rojos con afiladas punteras.

—¿Seguro? —inquirió la joven alzando con los dedos la barbilla del pelirrojo.

Zuper tragó saliva, miró a Elke y volvió a asentir con la cabeza.

—Quiero oírtelo decir —exigió ella.

—No he hecho nada que no debiera en tu ausencia, dómina —murmuró él con el corazón en un puño y la respiración acelerada.

—Recordaré tu respuesta… después —le advirtió ella antes de dirigirse hacia Elke—. Colócate para una inspección, y tú, sumiso, observa atentamente, pues luego te tocará a ti.

Elke se puso de pie y se colocó erguida, con las piernas separadas, la espalda ligeramente arqueada, las muñecas cruzadas tras la nuca y la boca muy abierta, de manera que quedaba por completo expuesta a los ojos, y las manos, de su ama.

Zuper observó alucinado como Alba revisaba con atenta pulcritud el interior de la boca de la alemana, ¡incluso le hizo sacar la lengua para ver si se la había limpiado bien! Pero qué coño... ¿Estaba en una sesión de BDSM o en una visita al dentista? Apretó los labios cuando ese pensamiento le provocó una inoportuna carcajada, no creía que Alba se tomara bien su repentina hilaridad.

Alba se percató del gesto de Zuper, pero decidió ignorarlo y proseguir con el examen tal y como había planeado. Sacó los dedos de la boca de Elke, y los labios de esta esbozaron una sonrisa divertida a la vez que arqueaba una ceja, a ella también le sorprendían las reacciones del pelirrojo. Alba frunció el ceño comenzando a disgustarse, ¡otra vez! Se suponía que su sumiso tendría que estar asustado, impaciente y excitado ante la inspección, y en lugar de eso, se lo tomaba a broma... ¡y además estaba contagiando su insumisión a Elke! Entendía y aceptaba que Zuper fuera un pipiolo que no tenía ni idea de cómo iba el D/s, pero estaba llevando su ineptitud hasta extremos intolerables. Todos sus anteriores sumisos se habían mostrado nerviosos ante la incertidumbre de si la complacerían en su primera sesión... y él se lo tomaba a guasa. ¡Inconcebible! La estaba desafiando sin ser consciente de ello. Y eso la complacía, y mucho. Sonrió. Iba a ser una sesión divertida, era una pena que tuviera que acabar mal... pero todos los sumisos tenían que aprender a tomar en serio las órdenes de sus amos, y Zuper no iba a ser una excepción.

Rodeó a Elke y se mordió los labios pensativa mientras meditaba su siguiente paso… en vista de que jugar con el tiempo y la impaciencia no parecían hacer mella en el pelirrojo, decidió cambiar un poco el juego y convertir la severa y técnica inspección en algo un poco más… sugerente.

Zuper observó curioso a Alba mientras esta giraba alrededor de Elke. ¿En eso consistía una inspección? ¿En comprobar que estuviera bien depilada, tuviera los dientes bien lavados y las orejas muy limpias? Suspiró aliviado, pasaría la prueba sin problemas. Sus orejas estaban impecables, sus dientes blancos como perlas y su piel suave como el culo de un bebé. Entornó los ojos al ver que Alba se detenía de repente y le miraba esbozando una sonrisa peligrosa. Muy peligrosa.

Contempló intrigado cómo se colocaba tras la alemana y la abrazaba por la cintura para luego ir subiendo poco a poco hasta sus enormes tetas y una vez allí, pellizcarle los pezones.

—No están tan duros como debieran —la escuchó sisear con fingido enfado a la vez que les daba un fuerte tirón.

Zuper abrió los ojos como platos ¿¡Cómo que no estaban duros!? Pero si los tenía tan fruncidos que parecían guijarros. Bajó la mirada hasta su polla y comprobó que esta comenzaba a erguirse, aunque aún no estaba todo lo tiesa que debería… Tragó saliva al pensar que Alba podía tomárselo mal y castigarle como en esos momentos hacía con Elke, pellizcándole con fuerza los pezones, en su caso el glande, dándole enérgicos tirones… Su verga se empinó enardecida e impaciente ante ese pensamiento. «¡Traidora! —le gritó Zuper en silencio—. ¿No te das cuenta de que si te pones dura no te va a castigar?» Suspiró pesaroso por la supina estupidez de la que hacía gala su pene y continuó recreándose en la escena que se representaba frente a él.

Alba castigó los pezones de la alemana hasta que estuvieron tan enrojecidos y erizados como ella quería y luego sus manos descendieron por el suave vientre hasta que las palmas se posaron en el pubis y sus dedos presionaron la vulva. Se mantuvo unos instantes recogiendo la humedad que allí había, y, por último, hundió índice y corazón en la vagina.

Zuper dio un respingo y, sin ser consciente de lo que hacía, se llevó la mano a la polla y comenzó a acariciarse lentamente, totalmente fascinado con lo que le mostraban sus ojos. Los dedos de Alba habían dejado de penetrar a Elke y en esos momentos estaban muy ocupados en frotar el terso y erguido clítoris.

—Separa más los muslos, quiero que Zuper vea lo mojada que estás... —le ordenó.

Y Zuper lo vio. ¡Vaya si lo vio! La alemana tenía la vulva hinchada y brillante. Se veía tan apetitosa... Se aferró la verga con más fuerza y se masturbó con impaciente vigor mientras se lamía los labios con avidez.

—¿Te he dado permiso para tocar mi polla? —le preguntó Alba en ese momento.

Zuper entornó los ojos, confuso por la pregunta. Alba no tenía polla...

—¿Has olvidado de quién es ese colgajo que hay entre tus piernas? —inquirió con semblante severo.

Zuper abrió mucho la boca y volvió a cerrarla un instante después. Sí. Lo había olvidado. Se miró la entrepierna y comprobó que, efectivamente, su mano estaba jugando con su estúpido pene. Lo soltó de inmediato.

—Perdona… no lo he hecho a propósito —se disculpó—. Dómina —se apresuró a añadir, ya había metido bastante la pata como para seguir cometiendo errores.

—¿Y eso te exime de culpas? —Alba arqueó una ceja, divertida.

Zuper parpadeó azorado y negó con la cabeza.

—Pega la frente al suelo, cruza las muñecas en la espalda y levanta el culo. ¡Ya!

Zuper obedeció con rapidez, más que dispuesto a aceptar su castigo. Esperó. Esperó un poco más. Y al final levantó la cabeza intrigado. Abrió los ojos como platos al descubrir el motivo de la tardanza. Alba continuaba inspeccionando a Elke mientras él esperaba. Más concretamente estaba inspeccionando el jugoso, duro y perfecto culo de la alemana.

Su mano volvió a volar hasta su polla, solo que en esta ocasión fue consciente de ello, y consiguió detenerse a tiempo. Volvió a cruzar las muñecas a la espalda y continuó observando a las chicas, al fin y al cabo se habían olvidado de él… y no era que le importara mucho, la verdad. La visión era espectacular. Elke se había doblado por la cintura y se separaba las nalgas con las manos mientras que Alba parecía estar metiéndole el dedo en el ano. Zuper gruñó en voz baja. ¡En esa posición no podía verlas bien! Se mordió los labios, inseguro, y a la postre decidió que estaban muy ocupadas para prestarle atención…

Elevó la cabeza para verlas un poco mejor, pero se habían girado un poco hacia un lado y no había manera, así que irguió la espalda, sin descruzar las muñecas eso sí, que no pudieran decir que no era un chico obediente. Cuando comprobó que le faltaba un pelín de nada para verlas por completo, se echó aún más hacia atrás y hacia un lado, hasta casi quedar tumbado sobre uno de sus pies.

Alba y Elke miraron con disimulo al pelirrojo, si seguía inclinándose de esa manera no tardaría en perder el equilibrio y caerse... sonrieron y se giraron un poco más, solo para darle el último empujón.

Zuper se sesgó un poco más, el pie sobre el que apoyaba todo el peso de su cuerpo cedió a un lado, y él acabó despanzurrado en el suelo cual largo era.

—¡Sumiso descarado y desobediente! ¡¿Cuál de mis órdenes no has entendido!? —le increpó Alba enfadadísima. Aunque por dentro estaba a punto de estallar en carcajadas. ¡No había modo de tomarse el D/s en serio con Zuper cerca!

El pelirrojo abrió la boca, la cerró y volvió a abrirla. Parecía un pececito en tierra.

Alba caminó hasta él, lo agarró del pelo con fingida dureza que resultó ser exquisita suavidad y le obligó a pegar la frente al suelo.

—No se te ocurra moverte —siseó.

Zuper se quedó muy quieto. O al menos lo intentó, porque una parte de su cuerpo se empeñó en alzarse más todavía y palpitar con fuerza, exigiendo atención de una buena vez. Separó más las piernas para acomodar sus tensos testículos mientras vigilaba por el rabillo del ojo a su dómina. La vio ponerse unos finos guantes de cirujano y cerró los ojos atormentado. Mucho se temía que le iba a costar bastante ganarse el privilegio de piel. ¡Qué complicado era ser un buen sumiso!, aunque a tenor de cómo se estaba comportando su polla, no le cabía duda de que, incluso metiendo la pata cada dos por tres, se lo iba a pasar en grande.

Alba acabó de colocarse los guantes y se dirigió hasta el riel en el que estaban colgadas las fustas y palas. Acarició cada instrumento con las yemas de los dedos mientras observaba con atención a su sumiso, totalmente consciente de que este había vuelto a incumplir sus órdenes y estaba vigilándola, algo con lo que ya contaba. Cuando le vio estremecerse, detuvo el deambular de su mano y asió la fusta de cuero. Zuper podía ser inexperto, pero sabía elegir bien.

—Diez azotes por tocar mi polla sin permiso, cinco por no permanecer en la postura exigida, y otros cinco por caerte y hacer el ridículo... ¡Cuenta! —le ordenó con voz severa.

Y Zuper contó. Gimió al sentir el primer azote, se removió inquieto con el segundo y al llegar el tercero, levantó el culo de manera inconsciente, deseando que le golpeara un poco más fuerte. Alba sonrió y el cuarto fue apenas una tímida caricia, al igual que el quinto. Al llegar el sexto, Zuper ya se había conformado con esos suaves roces, relajándose por completo... por lo que la fuerza del séptimo le pilló desprevenido. Jadeó excitado al sentir como el dolor recorría sus glúteos y estallaba en su sexo convertido en placer. Separó más los muslos y alzó las caderas... y Alba no le decepcionó. Le golpeó alternando zona, tempo y fuerza, y con cada golpe recibido su polla se balanceaba inquieta y sus testículos se tensaban más y más, hasta que un pensamiento se coló en su cabeza. ¿Qué pasaría si le golpeara los huevos con la fusta? Su excitación ascendió hasta límites insospechados, e insoportables, la punta de su verga se bañó por las lágrimas de semen que emanaron de la uretra, y su culo comenzó una extraña danza en su intento por colocarse de tal manera que recibiera un azote en la zona deseada.

Alba frunció el ceño ante el extraño baile que ejecutaba el trasero de su sumiso. Lo normal era que intentaran apartarse o acercarse... pero que giraran el culo como una peonza era la primera vez que le pasaba. Miró a Elke, esta también observaba a Zuper con estupefacción. ¿Qué coño pasaba ahí? Entornó los ojos, pensativa, y una idea apareció en su cabeza. Los siguientes azotes cayeron en el interior de los muslos del joven, la reacción de este corroboró sus sospechas.

—Catorce... Quince... —Zuper esperó impaciente el siguiente golpe, pero este no llegó.

Detuvo el loco vaivén de su culo y esperó, seguro de que ella había vuelto a enfadarse, quizá no debería haberse movido tanto. Y... entonces sintió un ligero roce descendiendo por sus nalgas.

Alba dirigió la lengüeta de cuero de la fusta hasta dejarla posicionada sobre el tenso escroto del pelirrojo, y luego, comenzó a frotar la piel que cubría la frágil bolsa. Los gemidos del pelirrojo no se hicieron esperar, largos, sonoros, agitados... Alba sonrió complacida y con sumo cuidado agitó la fusta hacia los lados propinándole dos suavísimos azotes en los testículos. El joven los recibió extasiado, y esperó inmóvil los siguientes... estos no llegaron.

—Se te ha olvidado contar —le recriminó Alba.

Zuper se disculpó efusivamente por su despiste, y retomó el número exacto de azotes. Había estado tentado de descontar un par de ellos para gozarlos de nuevo, pero al final decidió que era mejor no arriesgarse, comenzaba a intuir que Alba era mucho más observadora y perspicaz de lo que había pensado y no quería darle ningún motivo para que cambiara de castigo y le dejara sin los azotes que le correspondían por derecho.

Alba asintió complacida, había visto en los ojos verdes del pelirrojo que había estado a punto de mentirle; parecía que por fin se iba dando cuenta de que a ella no se le escapaba nada.

—Dieciocho... —jadeó Zuper cuando un leve azote cayó de nuevo sobre su escroto, lanzando llamaradas de placer y dolor por todo su cuerpo.

Alzó más el culo. Su polla lloró una nueva lágrima de semen, y sus huevos se tensaron todavía más, a la espera del siguiente golpe... estaba a punto de correrse. Cuando este llegó, sobre la nalga derecha, un gemido de puro éxtasis escapó de sus labios. Si solo fuera un poco más fuerte...

—¿Fantaseas con que te golpee con fuerza los huevos? —le preguntó Alba en ese momento. La fina varilla de la fusta adentrándose entre sus nalgas mientras la lengüeta acariciaba casi con ternura los testículos.

Zuper negó lentamente con la cabeza, estaba seguro de que si le decía que sí, ella no lo haría, pues no sería un castigo... pero se arrepintió al instante, ella le había exigido sinceridad, y él no se la estaba dando. Asintió con un brusco movimiento de cabeza.

—No hago más que pensar en que golpeas mis huevos con fuerza, dómina.

Alba sonrió complacida y continuó acariciándole con la fusta durante un momento, alargando la expectación y deleitándose con el temblor que recorría el cuerpo del hombre postrado a sus pies. Por último, alzó la mano lentamente hasta elevarla sobre su cabeza, esperó un instante y la dejó caer con fuerza.

El grito de Zuper reverberó en la mazmorra.

—No estás preparado para ese tipo de azote... y si de mí depende, nunca lo estarás —afirmó Alba observando con cariño la marca roja, casi violácea que cruzaba la nalga derecha del pelirrojo, y que era producto del último azote.

Comprendía la impaciencia y el deseo de Zuper. Era un novato y pensaba que era la fuerza de los golpes, y no su cadencia, lo que le proporcionaba placer. Y en algunos sumisos con tendencias al masoquismo así era, pero por suerte, ese no era el caso de Zuper. Lo había comprobado con el último y brutal golpe. No solo no le había gustado en absoluto, sino que además su imponente erección había mermado. Tendría que despertarla de nuevo, pensó sonriente.

Zuper se mordió los labios con fuerza para no llorar y resistió el impulso de llevarse las manos al trasero para ver si no le faltaba ningún trozo. ¡Joder! El último golpe había sido excesivo. ¡Jamás había sentido tanto dolor en su vida, y no era nada, pero nada, agradable! ¡Menos mal que no le había golpeado en los huevos! ¿Cómo podía haberse equivocado tanto al interpretar sus deseos? ¿Cómo podía haber sido tan torpe? Seguro que Alba pensaba que era un inútil que no sabía lo que quería.

—Debes tener cuidado con lo que deseas, Zuper —le dijo Alba acariciándole con cariño el sonrosado trasero—. El placer que sientes cuando recibes los azotes se debe a un mecanismo de protección de tu cerebro. Cuanto tu cuerpo es golpeado, tu cerebro segrega endorfinas y dopaminas, las primeras son las encargadas de bloquear el dolor, las segundas son las que provocan la euforia... pero esto no significa que el dolor se vaya a convertir en placer, en absoluto —le explicó recorriéndole la espalda con ternura—. Cada sumiso tiene su límite, y no debe ser sobrepasado. El amo debe estar atento a sus reacciones, ir con cuidado y no concederle todos sus deseos, porque debido al estado de euforia al que os llevamos, no sois conscientes de lo cerca que estáis de rebasar vuestros límites... más aún si el sumiso se está iniciando —dijo obligándole a levantar la cabeza para depositar un cariñoso beso en su frente—. Lo has hecho muy bien, Zuper, y estoy deseando volver a azotar ese maravilloso y precioso culo tuyo —le halagó con una resplandeciente sonrisa iluminando sus rasgos—. Y si te portas bien quizá le dedique algunas caricias a tus huevos —musitó antes de levantarse y adoptar de nuevo su rol de dómina—. ¿Estás preparado para tu inspección? —inquirió severa.

No iba a proporcionarle tiempo para pensar, no cuando aún podía leer en su rostro los últimos resquicios de la decepción que le había inundado unos instantes atrás.

Zuper inspiró profundamente, se limpió los ojos con el dorso de la mano y observó acomplejado su flácida polla. Iba a hacer el ridículo más espantoso, aun así, se puso en pie, con la espalda erguida, las piernas separadas y las manos en la nuca, decidido a hacer las cosas bien, al menos por una jodida vez en toda la tarde.

Alba asintió complacida y procedió a inspeccionarle, tal y como había hecho con Elke. Observó sus dientes, la limpieza de sus uñas, la suavidad de su piel... y luego continuó pellizcando sus tetillas hasta que estas se erizaron.

Zuper gimió, excitado de nuevo, mientras las manos enfundadas en guantes de cirujano de la joven le recorrían el cuerpo. Jadeó cuando se posaron sobre su polla, y adelantó las caderas, orgulloso de haber recuperado su erección con las caricias y de que esta se balanceara insolente en el aire. Apretó los labios cuando Alba comenzó a masturbarle a la vez que le masajeaba los testículos y tuvo que ahogar un gemido de decepción cuando se detuvo de repente y se colocó a su espalda para tentar su culo... y su ano.

—Elke, tráeme el lubricante.

Zuper abrió mucho los ojos al escucharla, y los cerró con fuerza cuando sintió la resbaladiza viscosidad recorriendo la grieta entre sus nalgas y, a continuación, un delgado dedo insertándose despacio en su recto. Se removió incómodo sin poder evitarlo.

—¿Es la primera vez que te penetran?

—Sí, dómina.

—¿Te gusta?

—No... no lo sé, dómina —murmuró Zuper haciendo un gesto de desagrado al sentir que el dedo entraba más profundamente en su interior—. Es incómodo, creo que me desagrada.

—Aprenderás a apreciarlo. —Alba frotó con la yema del dedo el lugar duro y rugoso que indicaba la posición exacta del punto P y, a la vez, tomó con la mano libre los testículos y comenzó a masajearlos.

Zuper cerró los ojos al sentir el extraño placer que inundaba con saña sus genitales. ¿Qué cojones? Meció el culo, apretándolo contra la mano de Alba y jadeó extasiado mientras su polla palpitaba ansiosa.

—Sí. Lo apreciarás mucho —sentenció Alba antes de apartarse de él y quitarse los guantes—. Ve a la cruz de San Andrés y espera en silencio.

Y

«¿Es posible morir de frustración?», pensó Zuper tiempo después. Tenía que serlo, porque él estaba a punto de perecer por culpa del deseo insatisfecho que sentía. Bajó la cabeza y observó su polla hinchada y desesperada. El ligero dolor de sus testículos comenzaba a convertirse en molesto. Y eso que nadie los había tocado en mucho, mucho tiempo… de hecho, precisamente por eso le dolían. Estaba atado en la cruz de San Andrés y gracias a la dulzura y amabilidad de su ama no se sentía tan incómodo como había esperado en un principio. Alba no había apretado en exceso los cinturones de cuero que sujetaban sus muñecas y tobillos, permitiéndole gozar de un pequeño margen de movimiento. Margen que él aprovechaba para frotar su irritado trasero contra el suave cuero de la intersección de la cruz… era el único alivio del que disponía. Una pizca de dolor que apenas calmaba los pinchazos impacientes de sus huevos. Exhaló un jadeo y descansó la cabeza contra uno de sus brazos, agotado por el estado de exaltación en el que se encontraba desde hacía más de media hora. Estaba excitado, frustrado y ansioso. Y solo podía mirar y excitarse más y más. Y eso pensaba seguir haciendo.

Las chicas estaban frente a él. Jugando.

Alba había insertado un vibrador en la vagina de Elke y un *plug* en su ano, y luego le había rodeado la cintura con una cuerda doblada por la mitad, para a continuación cruzar los extremos por la doblez y dirigirlos a su sexo, donde los había pasado entre los pliegues, presionando sobre el clítoris, para luego atravesar la unión entre sus nalgas y acabar anudando los extremos en la cintura, creando un extraño, apretado y torturador tanga hecho de cuerdas de algodón. No contenta con eso, había creado una especie de corsé enrollando una larga cuerda alrededor del torso femenino y había atado las muñecas de la alemana a este. Para finalizar el *bondage*, había ligado los tobillos a los muslos, manteniendo las piernas de Elke totalmente abiertas… Y ahora se entretenía en torturar los pezones de la alemana con los dedos de una mano, mientras que con la otra controlaba, mediante un mando a distancia, la intensidad del vibrador insertado en la vagina.

Y él estaba tan cachondo, tan cardíaco de oír los gemidos de Elke, de verla retorcerse, de contemplar la humedad que oscurecía las cuerdas que atravesaban su sexo, que estaba seguro de que se correría si alguien se dignara a tocarle… Pero Alba no parecía estar por la labor.

Las caderas del pelirrojo saltaron de forma involuntaria cuando los dedos de Alba por fin descendieron por el vientre de la alemana y se posaron sobre las cuerdas, en el punto exacto en el que se encontraba el clítoris. Se meció siguiendo el mismo ritmo pausado con el que los dedos de la joven presionaban los torturadores cordeles y, cuando Elke lloriqueó suplicante, los labios masculinos entornaron las mismas palabras que salían de los de la alemana.

—Por favor…, por favor…, por favor…

Alba observó a Zuper por el rabillo del ojo mientras se afanaba en llevar con extrema lentitud a Elke hasta el ansiado orgasmo. El pelirrojo parecía querer escapar de las ligaduras que lo mantenían preso en la cruz, sus caderas adelantadas tiraban del resto de su cuerpo y su polla saltaba impaciente, el glande brillante por las incontables gotitas de semen que emanaban de él. No cabía duda de que estaba muy excitado, pero no lo suficiente para complacerla y permitirle que se corriera. Aunque debía reconocer que estaba verdaderamente entusiasmada con él. Era magnifico. Desvió la mirada de Zuper, la fijó en los preciosos ojos azules de Elke y centró toda su atención en ella.

Continuó masajeándole el clítoris por encima de las cuerdas hasta que su agitada respiración se detuvo y sus ojos lloraron suplicando el permiso para correrse... que por supuesto no le concedió. Aún podía aguantar un poco más. Inclinó la cabeza y se metió uno de los erizados pezones en la boca a la vez que hundía los dedos entre las cuerdas dobles y tiraba de ellas para separarlas. Posó la yema del índice sobre el clítoris y Elke se quedó muy quieta, su respiración convertida en un estertor agónico. Alba esperó un instante, y a continuación atrapó el pezón con los dientes y tiró de él mientras le daba suaves golpecitos con la punta de la lengua. Cuando lo liberó de la exquisita tortura, miró a su amiga a los ojos y la devoción y el amor que vio reflejados en ellos llenaron por completo su corazón.

—Cuenta hasta diez, y córrete —le ordenó a Elke subiendo al máximo la vibración del juguete que tenía en su interior.

Y mientras Elke contaba jadeante, Alba atrapó el otro pezón entre sus dientes y repitió la operación a la vez que sus dedos frotaban con fuerza el clítoris, atormentándola, instándola a correrse antes de acabar de contar. Elke mantuvo los ojos abiertos y continuó recitando los números, hasta que al llegar a diez se dejó llevar por un poderoso orgasmo que parecía no tener fin.

Las lágrimas rodaron por las mejillas de Zuper al contemplar la bella escena que las chicas desarrollaban ante él. Eran tan hermosas, tan sublimes. No era solo placer, iba más allá del simple goce físico... La comunión entre sus almas era visible en el cuidado con que Alba desató a su amada, en el cariño con que masajeó su piel enrojecida por las ligaduras, en la devoción con que le dio de beber mientras la acariciaba y le decía lo maravillosa, lo hermosa, lo perfecta que era, lo mucho que la quería. Eso era lo que él deseaba, no un orgasmo brutal, no un placer más allá de todo límite... No. Él quería el momento posterior al orgasmo. Las caricias, el cariño, la admiración de Alba y de Elke. Y se las ganaría. Sería digno de ellas.

Alba ayudó a su amada a trasladarse a la cama, y una vez allí, la tapó con cariño tras besarla en la frente y dirigió la mirada hacia la cruz de San Andrés. Zuper las miraba arrobado, con las mejillas surcadas de lágrimas. Alba le sonrió y a continuación tomó de la nevera una botella de agua y se encaminó hasta él sin dejar de observarle con atención.

Todo el cuerpo del pelirrojo estaba tenso y sudoroso... y no era por el calor que hacía en la mazmorra. Le dio de beber, ordenándole que no derramara ni una sola gota. Él obedeció con extrema pulcritud. Estaba ansioso por agradar, por complacer... por recibir no solo el orgasmo, sino los mimos que lo acompañaban. Alba frunció el ceño, era una lástima que luego tuviera que castigarle por su desfachatez del principio. Pero toda afrenta debía recibir su castigo. Le había dado unas normas, y la sinceridad era la más importante de todas. Su díscolo sumiso tenía que aprender a no mentirle. Y lo aprendería, costara el sufrimiento que costara.

Se apartó unos pasos de él, y le observó con los ojos

entornados: su respiración ya no era tan agitada y tampoco tiraba con fuerza de las correas que lo sujetaban. Por lo visto había recuperado un poco de templanza. Tendría que hacer que la perdiera. Tomó un delgado cordel de nailon rojo, lo sopesó entre las manos y, sonriendo maliciosa, lo balanceó frente a su tranquilo sumiso, inquietándolo.

Zuper parpadeó confuso, esa cuerda era mucho más fina y corta que las que había usado con Elke, y además, ¡él ya estaba atado! Abrió la boca para preguntarle a su ama qué pensaba hacer exactamente con él.

—No te he dado permiso para hablar —le reprendió ella al ver su gesto. Él cerró la boca de inmediato—. Voy a enrollarte los huevos y la polla —le informó sin un asomo de pregunta en su voz.

Zuper abrió los ojos como platos, tragó con fuerza y, por último, asintió con docilidad. Alba le había asegurado que no le haría nada que no le gustara… y él confiaba en ella.

Acordonó el escroto y la base del pene con una vuelta de la delgada cuerda e hizo un nudo, fijándola. Luego procedió a rodear los testículos cuatro veces, teniendo cuidado de no apretar demasiado y de que las cuerdas no se montaran una sobre otra. Hizo un nudo llano para mantener el *bondage* sujeto y a continuación le ciñó con la cuerda el tallo del pene, guardando una perfecta simetría en cada vuelta hasta casi alcanzar el prepucio e hizo un último nudo. Cortó los sobrantes de la cuerda, dejando poco más de veinte centímetros en los extremos, los necesitaba para lo que tenía en mente, pero antes de continuar, aferró la polla y la masturbó para comprobar que efectivamente las cuerdas no estaban demasiado ceñidas y podían moverse sin problemas a lo largo del falo.

Zuper jadeó con fuerza cuando Alba le envolvió la erección con sus dulces manos. ¡Por fin! Estaba al límite, no podía aguantar un segundo más sin correrse... Solo que no era capaz de conseguirlo. Suspiró frustrado. ¡Si las malditas cuerdas no le rodearan la polla ya estaría eyaculando! Empujó con las caderas, instándola a que le apretara un poco más fuerte, un poco más rápido y ella ¡lo soltó! Lo dejó sin caricias, sin roces, sin presión, ¡sin el orgasmo que tanto merecía! Un gruñido salvaje escapó de sus labios entreabiertos.

—¡No se te ocurra gruñirme! —le regañó dándole un doloroso apretón en los huevos—. Aún no estás preparado para correrte. ¿Recuerdas? Yo decido cuándo, cómo y con quién.

Zuper apretó los dientes y asintió con extrema docilidad. Los dedos que le apretaban los testículos aflojaron su agarre y comenzaron a acariciarle. Dejó caer la cabeza a la vez que gemía extasiado.

Alba asintió, lo mimó un poco más y luego se apartó para tomar unas pequeñas pinzas metálicas con la punta recubierta de látex de las que colgaban sendas cadenitas.

Zuper observó sus movimientos con los ojos desorbitados. ¿Qué iba a hacer con esas pinzas? Esperaba que no se las colgara de los huevos, había aprendido por las malas que el dolor, efectivamente, dolía. Pegó la espalda a la cruz cuando ella acercó las pinzas a sus pezones. Estaba entusiasmado con los «adornos» de su polla, se ajustaban lo suficiente como para provocarle un exquisito placer, pero, las pinzas... eso era harina de otro costal.

—Tranquilo —le apaciguó ella acariciándole con ternura el torso, calmándole y excitándole a la vez—. Están recubiertas de látex, no te va a doler... demasiado.

Sus caricias se tornaron más rudas conforme él comenzó a relajarse, le apresó las tetillas entre índice y pulgar y las estimuló hasta que se irguieron, para luego estirarlas con suavidad. El joven la miró a los ojos, derrotado por el placer que sentía, y, en ese momento, ella le colocó las pinzas.

Zuper abrió la boca para exhalar un agónico grito de dolor… y la cerró sin emitir un solo sonido. ¡No le dolía! Molestaban, sí. Eran incómodas, también. Pero doler lo que se dice doler, pues no.

Alba sonrió divertida al ver la perplejidad reflejada en el rostro del pelirrojo. Era una caja de sorpresas, le encantaba que le azotaran el trasero y, sin embargo, tenía miedo de unas simples pinzas… Negó con la cabeza y a continuación tiró de la cadenita que las unía. El sonoro jadeo de Zuper le indicó que ese leve dolor también le resultaba agradable. ¡Estupendo!

—Inclina los hombros hacia delante —le ordenó. Cuando él obedeció, tomó los extremos de las cuerdas que todavía colgaban del pene y los ató a la cadena que unía las pinzas—. Yérguete.

Zuper lo hizo, y un nuevo gemido abandonó sus labios. Al enderezar la espalda, las cuerdas atadas a la cadenita quedaron tensas, tirando de las pinzas que aprisionaban sus pezones y haciendo que el *bondage* que le envolvía el pene ascendiera hasta topar con la corona. El placer recorrió su cuerpo, enardeciéndolo más todavía, acelerando su ya de por sí agitada respiración y acumulándose en sus tensos y acordonados testículos. Encorvó los hombros y el *bondage* descendió por su falo. Sonrió e inspiró con fuerza. El *bondage* ascendió con brusquedad y sus tetillas se quejaron al sentir un fuerte dolor. Soltó todo el aire de golpe. Se mordió los labios, debía ir con tranquilidad, sin prisas. Inspiró lentamente, y el placer volvió a recorrer su cuerpo. Repitió la operación un par de veces más, sus párpados cayeron, su boca se entreabrió y sus caderas se alzaron al ritmo de su respiración... hasta que Alba posó una enguantada mano sobre su pecho, obligándole a parar.

—No tienes permiso para correrte —le advirtió.

Zuper dejó de respirar al instante. ¡Un poco más y la hubiera decepcionado! Miró contrito los finos guantes de cirujano que cubrían sus manos y negó con la cabeza decidido a mantenerse firme. Iba a conseguir el privilegio de piel, aunque le costara la vida.

Alba cabeceó satisfecha y a continuación rodeó tres veces las caderas del joven con una cuerda negra, colocándola de tal manera que diera tres vueltas sobre la polla, enredándose entre el rojo cordel que la ceñía.

—Perfecto... —murmuró dando un paso a un lado—. Admira mi obra —le ordenó señalando la pared de espejos.

Zuper lo hizo, y jadeó asombrado. Era impresionante. La cuerda roja destacaba sobre su pálida piel, llamando la atención sobre su pene y genitales. Estos se veían más grandes, tensos y brillantes que nunca. La excitación que dominaba su cuerpo ascendió un par de grados más.

—Ahora empieza el juego —musitó Alba junto a él—. No tienes permiso para correrte. Si lo haces, solo demostrarás que tienes una aborrecible falta de control, lo que sería una pena, pues me obligaría a adiestrarte con juegos mucho más suaves y sosos. Y no querrás eso, ¿verdad?

Zuper negó con la cabeza a la vez que esbozaba una sonrisa de suficiencia en los labios. Tenía dominada por completo la situación, lo único que tenía que hacer era quedarse muy quieto y respirar muy, muy despacio, para no masturbarse con las cuerdas. Era pan comido.

—Elke... ¿Te apetece jugar? —le preguntó con cariño Alba a su amiga.

Esta se levantó de la cama, se colocó frente a Zuper, y lo miró depredadora a la vez que comenzaba a acariciarse los pechos con los dedos. Ya no era la sumisa de Alba, sino su cómplice.

Zuper jadeó excitado al verla, y en esta ocasión, no fueron solo las cadenas de las pinzas las que masturbaron su polla; también las cuerdas que rodeaban sus caderas y se mezclaban con las de su pene hicieron su labor. Se obligó a respirar con lentitud, decidido a no fallar... pero le fue imposible.

—Es preciosa, ¿verdad? —susurró Alba en su oído a la vez que recorría con un dedo su antebrazo atado a la cruz.

Zuper emitió un sollozo cuando todo su cuerpo se convulsionó al sentir la caricia. ¡Estaban haciendo trampas! Cerró los ojos y negó con la cabeza. No quería verlas. No quería que le tocaran. ¡No quería tener un orgasmo!

—Ah, no. No está permitido cerrar los ojos. Es una grave falta de educación. Elke se está dando placer para ti, y tú no puedes ignorarla —le regañó Alba ladina antes de darle un suave azote en el interior de los muslos.

Y Zuper volvió a estremecerse. Y las cuerdas volvieron a masturbarle. Y el placer volvió a recorrerle.

No supo cuánto tiempo estuvo conteniéndose. Cuántas veces se mordió los labios hasta hacerlos sangrar para evitar llegar al orgasmo. Cuántos segundos dejó de respirar para no sentir las malditas cuerdas follándole la polla. Cuántas veces intentó escapar, alejarse de los dedos de

Alba, de la imagen de Elke tocándose los pechos, tirando de sus pezones, hundiendo los dedos en su vagina. Y nada dio resultado. Cada caricia era una nueva tortura. Cada respiración un paso más hacia el abismo. De vez en cuando le permitían recuperarse, dejaban de tocarle y él cerraba los ojos, pero al instante siguiente, un nuevo y placentero azote en el interior de sus muslos, en los antebrazos, en su vientre… o incluso sobre las pinzas que mantenían presas sus tetillas, le hacía volver a la realidad, al placer, al dolor, a la lucha contra el éxtasis.

Alba contempló embelesada a su maravilloso sumiso mientras le acariciaba con lentitud el vientre. Era tan hermoso, tan rebelde y a la vez tan dócil… se moría por hacerle el amor y descubrirle todos los secretos del placer. Sin embargo, aún era pronto, antes tenía que aprender a ser sincero, y a obedecer. Recorrió con los dedos sus costillas, lamentando no poder disfrutar de su dulce tacto por culpa de los guantes, pero… él no se había ganado todavía el privilegio de piel. Acercó la nariz a su cuello e inspiró, deleitándose con su olor. Todo en él la fascinaba.

Le observó, estaba tan tenso que todo su cuerpo vibraba con cada roce. Su piel brillaba, empapada en sudor. Su respiración, cada vez más errática, más agónica, agitaba con fuerza su torso y las pinzas que se anclaban a sus tetillas, haciéndole jadear de dolor y placer, logrando a su vez que las cuerdas se apretaran y movieran con ímpetu sobre su polla, masturbándole. Tenía las manos cerradas en apretados puños y se apoyaba sobre las puntas de sus pies a la vez que adelantaba involuntariamente las caderas, meciéndolas y amplificando más aún el roce de las cuerdas que rodeaban su pene. Y sus ojos… Sus ojos mostraban lo cerca que estaba de la rendición. Tenía las pupilas dilatadas y apenas conseguía mantener los ojos abiertos mientras oleadas de intenso placer recorrían su cuerpo, estremeciéndolo. No aguantaría mucho más.

Se giró para coger unas tijeras de la estantería que había junto a la cruz, y cortó el cordel rojo atado a la cadena de las pinzas. Zuper la miró aturdido y dejó caer la cabeza. Apenas tenía fuerzas para seguir luchando. Alba le sonrió, alentándole a aguantar un poco más, y a continuación comenzó a desatarle la polla. El cuerpo del joven se convulsionó al sentir el roce de sus dedos sobre los testículos, sobre el tallo del pene, sobre el glande…

Zuper negó con la cabeza mientras recurría a los últimos resquicios de su voluntad para no correrse. Podía soportar las cuerdas, pero los dedos de su dómina eran un bálsamo de placer que le robaba por completo la fuerza y la energía para seguir luchando. Eran tan dulces, le acariciaban con tanta ternura…

—Zuper, mírame —murmuró ella cuando él cerró los ojos, rendido a lo inevitable.

Él negó con la cabeza. Iba a decepcionarla, contener el orgasmo estaba más allá de sus posibilidades… y no quería mirarla y ver la decepción grabada en sus preciosos ojos azules.

—¡Zuper! Abre los ojos y mírame —le exigió con voz tan severa que él no pudo dejar de obedecer.

Le liberó de las pinzas con suavidad, apresurándose a calmar el dolor provocado con caricias que hicieron que él volviera a estremecerse. Esperó hasta que tuvo la certeza de que se recuperaba del nuevo placer y le prestaba toda su atención, y luego le envolvió la polla con la mano enguantada y antes de comenzar a masturbarle, le susurró:

—Puedes correrte.

Zuper bombeó salvaje contra la mano que encerraba su verga y gritó. Y siguió gritando hasta que sus pulmones se quedaron sin aire. Y su boca quedó abierta, exhalando un mudo grito mientras Alba le follaba con los dedos, alargando su orgasmo en una eyaculación que parecía no tener fin... hasta que sus mermadas fuerzas se agotaron, y quedó colgando desmadejado de la cruz a la que estaba atado.

Alba y Elke se apresuraron a liberar sus muñecas y tobillos, y tras obligarle a beber, le ayudaron a caminar tambaleante hasta la cama, donde le tumbaron en un extremo. Elke le ungió las rojeces de las muñecas con aceite mientras Alba hacía lo mismo con las de sus tobillos para luego deslizar sus cálidas manos hasta el flácido pene y frotarlo suavemente.

Zuper se removió asombrado al notar que su polla comenzaba a revivir de nuevo... ¡era demasiado pronto! No podría aguantar otro asalto... o tal vez sí. Se incorporó sobre los codos y Alba posó una mano en su torso, obligándole a tumbarse de nuevo para a continuación atarle las manos al cabecero. Luego le puso los calzoncillos, le ató los tobillos a los pies de la cama y se sentó en un extremo, dándole la espalda.

—Cuando he entrado os he preguntado si habíais hecho algo que no deberíais. Elke ha asentido con la cabeza, y tú has negado —le comentó Alba con excesiva calma—. No me gusta usar la disciplina severa ni la humillación con mis sumisos, pero a veces, no me queda otra elección. Un amo que se precie no puede permitir que sus sometidos se rían de él. Y yo me tengo en gran estima —declaró con voz severa.

Zuper miró a su dómina con los ojos desorbitados.

¡Alba lo sabía! ¡Sabía lo que había hecho! ¡Sabía que no había esperado inmóvil tal y como le había exigido! Y no había hecho nada hasta ese momento. ¿Por qué?

—Elke, tenías que haberme informado de lo que Zuper había hecho, pero entiendo que no eres una chivata, y que, a tu modo, fuiste sincera —le dijo Alba a la alemana—. Quítame los pantalones, arrodíllate y dame placer con la lengua —ordenó—. Pero no esperes otra satisfacción que esa. El orgasmo te está negado. —Separó las piernas y Elke se apresuró a complacerla—. Muchos amos castigan a sus sumisos en el mismo instante en que cometen una infracción grave —explicó girando la cabeza para mirar a Zuper. Su voz se tornó más severa con la última palabra—. Yo no lo hago. Prefiero dejar que la excitación del juego diluya mi enfado, para, cuando la sesión termina, escarmentar de forma ejemplar al díscolo sumiso que no me ha obedecido. De esta manera, el placer que este ha sentido durante los juegos queda olvidado por el correctivo administrado tras estos.

Zuper la miró alucinado. ¿Su castigo, ese tan terrible que Elke le había insinuado, consistía en que Elke le iba a dar placer sin que él pudiera verlo ni participar? ¡Pero si eso ya se lo habían hecho! Cuando estaba atado a la cruz habían jugado y no le habían dejado participar. No poder verlo tampoco era tan cruel...

Sí lo era.

Era una de las mayores crueldades que había soportado nunca. Poder escuchar los gemidos de Alba, ver las manos de Elke ancladas al trasero de la joven mientras su espalda se arqueaba y todo su cuerpo se estremecía, y no poder deleitarse con lo que fuera que Elke le estuviera haciendo a Alba era una verdadera tortura. Solo podía imaginar y anhelar. Y arrepentirse por haber sido tan descerebrado, por no haberla obedecido, por haber perdido el tiempo paseando por la mazmorra cuando debería haberse quedado de rodillas. ¡Cómo había podido ser tan imbécil! Fijó la mirada en la pared del otro lado de la cama, esforzándose por no escuchar, por no oler, por no desear... Sintió un movimiento en el colchón, indicándole que Alba se había levantado y, sin poder evitarlo, sus ojos volaron de nuevo hasta ella. Caminaba sin prisas hacia una de las estanterías, su precioso trasero meciéndose al ritmo que marcaban sus altísimos tacones. Tomó un *strap-on* del estante y Zuper cerró los ojos con fuerza. Se lo pondría a Elke, dejaría que la follara... y él tendría que mirar. No. Se negaba.

Cerró los ojos.

—Abre los ojos —le ordenó Alba.

Zuper gimoteó remiso. No quería ver cómo Elke la llevaba al éxtasis mientras él permanecía atado como el inútil que era. Por supuesto, no había esperado —aunque sí deseado— poder tocarla, saborearla, penetrarla... Era consciente de que para ganarse esos privilegios tenía que esforzarse y demostrarle cuánto la adoraba y hasta qué punto estaba decidido a someterse para ser digno de ella. Lo entendía, lo aceptaba... y lo deseaba. Pero había esperado que al menos le permitiera ver el momento en que el éxtasis bañaba su rostro. Y no se lo iba a permitir por culpa de una tontería que había hecho al principio, cuando pensaba que no le descubrirían.

—Zuper, mírame —le exhortó Alba con severidad al ver que no cumplía su orden con la premura exigida.

Él obedeció al fin, y lo que vio le provocó una dolorosa punzada de placer. Ella estaba de pie frente a él, su exquisito cuerpo solo cubierto por el corsé de cuero, el vértice entre sus muslos brillantes por el placer que la lengua de Elke le había proporcionado. De su mano colgaba el maldito *strap-on*. Iba a obligarle a mirar mientras Elke le daba placer como si fuera un hombre... ¿Podía haber algo más humillante, más doloroso?

—No sabes lo mucho que deseo follarme a un tío —le dijo arrodillándose sobre la cama—. Levanta el culo —le ordenó.

Zuper obedeció al instante mientras en sus ojos destellaba la esperanza. ¿Ya había cumplido con su penitencia y le iba a quitar los calzoncillos para follárselo? Su rígido pene palpitó esperanzado. De verdad podría ser tan maravillosa, tan compresiva, tan... blanda. Sintió una punzada de decepción. Se merecía un castigo peor por lo que había hecho.

—¿Te he comentado que soy muy exigente con respecto a mis sumisos? —le preguntó a la vez que colocaba la cruz trasera del arnés bajo el trasero del pelirrojo, de manera que la correa central quedara entre sus nalgas—. No soporto que me mientan, aborrezco que no se tomen en serio su sumisión. —Colocó el triángulo de cuero en el que estaba insertado el dildo sobre el pene de Zuper, por encima de los calzoncillos y pasó la correa que emergía de su trasero sobre los testículos—. No voy a permitir que uno de mis sumisos desobedezca mis órdenes y quede impune —sentenció ajustando las correas de la cruz en el triángulo y tirando con fuerza de ellas para a continuación derramar un poco de lubricante sobre el falo de látex y comenzar a masturbarlo lentamente.

Zuper gimió desesperado al comprender cuál iba a ser verdaderamente su castigo. Alba iba a follarse el *strap-on* sobre él. Sobre su polla erecta. Y él ni siquiera iba a tener el consuelo de sentir su piel sobre su pubis, porque ella se había ocupado de ello cubriéndole con los calzoncillos... Es más, ni siquiera iba a tener el alivio de no sentir placer, porque cuando meciera sus caderas, lo sentiría sobre su verga, y sabría que ella estaba disfrutando con una polla artificial que le daba más placer que la suya. Que tenía más privilegios que la suya.

—Podría haber hecho la vista gorda a tu desobediencia si te hubieras mostrado arrepentido cuando Elke te ha señalado que lo que hacías no era lo correcto —le dijo colocándose a horcajadas sobre él—. No soy un ama estricta, y entiendo que todo esto es nuevo para ti... pero, lo que no voy a permitir bajo ningún concepto es que te burles de mí.

—No me he burlado, Alba... Dómina —lloriqueó arrepentido al ver la dureza reflejada en el semblante de Alba.

—¿No? ¿Ojos que no ven, corazón que no siente? —le espetó las palabras que él le había dicho a Elke y a continuación se sentó sobre el *strap-on*, jadeando cuando el falo la penetró. Zuper cerró los ojos, tragó saliva y negó con la cabeza—. ¡Mírame! —le ordenó. Él lo hizo—. No te preocupes —le dijo burlona—. No te va a doler. Como bien te ha dicho Elke mis correctivos son peores. Mucho peor que el dolor.

Y diciendo esto, comenzó a mecer las caderas a la vez que se daba placer con los dedos.

—Esto es lo más cerca que vas a estar de que te folle en mucho, mucho tiempo... —sentenció.

Al otro lado de la pared de espejo, Karol asintió con la cabeza. El castigo era merecido. Había ido con Alba a su sala privada poco después de que Zuper bajara a la mazmorra, y había sido testigo del descaro del pelirrojo y del poco respeto con que se había tomado sus órdenes. Había presenciado el enfado de Alba, y el esfuerzo que le había costado serenarse y entrar en la mazmorra como si no hubiera ocurrido nada... y también había visto la sonrisa de Elke ante la desfachatez de Zuper... y la de Alba. Pues, a pesar del enfado que tenía, había visto, y olido, la satisfacción de la joven rubia ante el reto que le supondría dominar y someter al pelirrojo. Más aún, si le gustara apostar, apostaría su ojo sano a que Alba no solo no le castigaría por desafiarla, o sí, le castigaría azotándole, lo que sería más bien un premio, sino que le enseñaría a desafiarla de la manera correcta, aguzando la inteligencia del pelirrojo para alargar el juego, para llamar su atención, o para hacerla sonreír. Y estaba seguro de que el muchacho no tendría ningún problema en aprender.

Sonrió risueño, cerró los ojos e inhaló con fuerza. El muchacho lo estaba pasando mal, su esencia le hablaba de arrepentimiento, turbación, desamparo... y excitación. Por su parte, el aroma de Alba proclamaba que estaba excitada, pero no tanto como en otras ocasiones, también estaba afligida... y decidida. Karol la entendía, había ofensas que no podían quedar sin castigo. Y Elke... Abrió los ojos al percibir el olor de la alemana. Miraba a la pareja con atención, satisfecha y esperanzada. Le gustaba Zuper, y tenía grandes esperanzas puestas en él.

Karol sonrió, se limpió del estómago el semen de su última eyaculación con unas toallitas higiénicas y abandonó en silencio su sala privada. Ascendió con lentitud las escaleras de piedra y, tras desconectar la alarma, entró en su habitación de la torre. Se dirigió al baño oculto tras una pared y mientras el agua caliente descendía por su cuerpo pensó, como casi todas las noches antes de acostarse, si los sueños le permitirían dormir o su ladrona se presentaría de nuevo, robándole la paz y dándole a cambio un onírico e indeseado placer. Miró hacia su entrepierna. Su pene, flácido hasta hacía un instante, comenzaba a endurecerse, dándole la respuesta a su pregunta. Con solo pensar en ella se excitaba. No tendría una noche tranquila.

El desafío

Sábado, 22 de mayo de 2010

«¡*Maldita* mujer! ¡Me está volviendo loco!»
Karol se detuvo en seco al comprender que había vuelto a seguir una pista falsa. Desanduvo sus pasos hasta la intersección de pasillos donde la había olido por última vez. Cerró los ojos e inhaló profundamente, buscándola. Percibió el rastro de su perfume y el leve olor de su excitación… y de su diversión. Abrió los ojos y, sin dejar de olfatear el aire como un animal, comenzó a seguir su estela. Se detuvo en la entrada de una tienda, confundido. Su olfato le decía que había entrado allí y que a la vez había seguido pasillo adelante. Las aletas de su nariz se dilataron mientras olisqueaba de nuevo el aire. El penetrante olor de su perfume le instó a entrar en la tienda e ignorar el otro rastro, mucho más tenue. Caminó entre estanterías y mostradores guiándose por su percepción, y al final dio con su presa. Solo que no era la presa que buscaba, sino otra. Una anciana. Gruñó furioso, comenzando a desesperarse, y cuando se estaba girando sobre sus talones para intentar recuperar el rastro y encontrarla, se detuvo con los ojos entornados. Una sospecha acababa de

colarse en su cabeza. Se dirigió a la mujer que olía a la colonia de su ladrona.

—Perdone… —se excusó—. No he podido evitar oler su perfume, me parece delicioso y me gustaría regalárselo a una amiga. ¿Podría decirme dónde lo ha comprado?

Y así fue como se enteró de que la anciana no lo había comprado sino que, tal y como él había sospechado, una joven vestida con una camiseta con un logo rosa, le había dado una muestra impregnada en un cartoncito y, además, había tenido la generosidad de echarle un poco en las muñecas y el cuello. Karol asintió ante la explicación con una sonrisa que no le llegó a los ojos y salió de la tienda.

Su ladrona había encontrado una nueva manera de confundirle. ¡Maldita fuera por jugar con él! ¡Y maldito él por permitirle jugar! Apretó los labios, furioso. No pensaba perder más tiempo recorriendo el centro comercial y menos en el estado en que se encontraba. Se llevó la mano a la ingle con disimulo e intentó recolocarse el pene para ganar un poco de espacio y comodidad en los pantalones. Tras casi una hora buscándola, su erección se había convertido en una pulsante molestia, en un dolor de huevos indeseado, en un recordatorio constante de su falta de control. Se sentía incómodo, frustrado, enfadado… excitado, alerta, vivo. Giró la cabeza de golpe, y allí estaba, mirándole divertida desde el otro extremo del pasillo. La vio guiñarle un ojo y echar un poco de perfume a una mujer que se había detenido ante ella, para, a continuación, girar la esquina y desaparecer.

Karol esbozó una sonrisa depredadora y fue tras ella. La siguió a través de tiendas y pasillos hasta que la acorraló en una librería. Separados por apenas unos metros y rodeados de una docena de personas que leían sinopsis y miraban portadas, ignorantes del hombre y la mujer que se miraban como si no existiera nadie más en el mundo.

Dio un paso hacia ella, y ella, en vez de escapar como siempre hacía, se mantuvo inmóvil, a la espera. Karol se detuvo confundido, ¿por qué no huía? Inspiró con fuerza, impregnándose de su olor. Estaba excitada y decidida. ¿Decidida a qué? Contempló su boca entreabierta, sus pechos agitados por la acelerada respiración, sus ojos devorándole… Tragó saliva, repentinamente consciente de cuál era la intención de la mujer. Quería que fuera hasta ella, que la tocara, que volviera a besarla… Pero él no podía hacer eso, porque si lo hacía, volvería a perderse en sus labios, en sus ojos, en su olor… y estaría perdido. Se quedó petrificado en el sitio, remiso a dar siquiera un paso que le acercara más a ella. Estaban en juego su voluntad y su cordura.

Ella arqueó una ceja, frunció los labios y apoyó las manos en sus caderas. ¿Por qué no iba hacia ella? Se lo estaba poniendo fácil, solo tenía que dar tres pasos más y la alcanzaría. Y entonces sería clemente y permitiría que la abrazara, y volvería a sentir su mirada bicolor clavada en sus ojos, sus manos acariciando su piel, sus labios bebiendo de su lengua… Estaba harta de jugar al gato y al ratón. Lo quería a él. Y lo quería ya. Estaba tan caliente como, parafraseando a Tennessee Williams, una gata sobre un tejado de zinc caliente. Estaba harta de tener orgasmos cuando él la miraba, quería tenerlos con él bien adentro. Le había costado, pero al final había decidido ponerle las cosas fáciles, a ver si así conseguía cazarla de una buena vez, todo fuera porque conservara su estúpido orgullo masculino. Pero él no parecía precisamente contento con la nueva situación, muy al contrario, parecía aterrorizado. Dio un paso hacía él. Él reculó.

«¿Por qué hace esto?», pensó Karol retrocediendo a la vez que ella se acercaba. Ese no era el juego al que llevaban jugando desde principios de año. Se suponía que él debía perseguirla y ella debía huir, para al final robar algo y correrse bajo su atenta mirada… ¡a varios metros de distancia! No pensaba tocarla de nuevo. No lo podría soportar. Una sola vez ya había sido demasiado. Una sola vez ya había conseguido que perdiera el control de sus sueños y de sus deseos. No quería ni pensar en lo que pasaría si volvía a tocarla. Caería rendido a su embrujo.

—¡Karol, tío! ¿Qué haces tú aquí?

Karol se giró al oír su nombre y se encontró con la última persona a la que quería ver en esos momentos. Con Zuper. El pelirrojo, a pesar de aparentar ser un hombre despreocupado e irresponsable, tenía una mente preclara y una intuición prodigiosa. No le costaría averiguar que algo pasaba solo con ver la tensión que le recorría el cuerpo. Pero Karol aún no sabía si podía confiar en él. No le consideraba su amigo aunque las chicas lo adoraban. Se obligó a relajarse y sonreír.

—Hola, Zuper. —Se encogió de hombros antes de mirar de nuevo a su ladrona.

Esta le observaba con los ojos entornados, pensativa. ¿Carol? Tenía nombre de chica, pero no lo era. De eso estaba segura.

—Karol, este libro lo ha escrito un tipo que se apellida como tú. ¿Sois familia? —le preguntó Zuper acercándose a él con un libro en la mano.

La ladrona aguzó la vista mientras su presa cogía el libro de las manos del pelirrojo. Sapkowski… Su ratoncito se llamaba Carol Sapkowski.

—No somos familia —respondió Karol divertido muy a su pesar. Zuper siempre conseguía arrancarle una sonrisa—. Es un apellido bastante común en Polonia.

—Joder, pues me voy a cambiar mi apellido por el vuestro, parece que trae suerte. Él es un escritor famoso —dijo señalando el libro—. Y tú estás forrado de dinero. —Karol fue a protestar, pero Zuper continuó hablando—. Oye, entre tú y yo, ¿te afeitas los huevos? —le preguntó de sopetón.

La ladrona ahogó una carcajada ante la extravagante pregunta. Luego se mordió los labios, pensativa… Así que su acobardado perseguidor era polaco y estaba podrido de pasta. No sería difícil averiguar algo más de él. Sonrió taimada, cogió una diminuta agenda de un mostrador cercano, se la metió en el bolsillo y se dirigió a la salida, chocando a propósito con el polaco. O, mejor dicho, fueron sus dedos los que chocaron contra la ingle del polaco. Uf, estaba duro. Mucho.

Karol la sujetó por la muñeca e hizo ademán de retenerla, pero se lo pensó mejor y la soltó. Ya se había arriesgado bastante por un día, no pensaba tocarla, ni pedirle que se quedara; era demasiado peligrosa para su salud mental. Sacó el pañuelo de seda roja empapado en Chanel n.° 5 que siempre llevaba en el bolsillo y se cubrió la nariz con él para atenuar el aroma de la muchacha y también su propia excitación.

La ladrona observó enfadada el puñetero pañuelo. No sabía qué significaba, pero sí era consciente de que él siempre lo sacaba cuando estaba a punto de rendirse. Quizá le tranquilizara el olor de la colonia que tenía impregnada... Aunque su instinto le decía que su ratoncito era muy sensible a los olores, y que cada vez que se llevaba el pañuelo a la nariz, lo que hacía era intentar liberarse del olor de ella. En ese momento decidió que su próximo robo sería el maldito pañuelo. Y que, por primera vez en su vida, no se lo devolvería después a su dueño.

—Karol, tío, ¿pasa algo? —le preguntó Zuper al ver la extraña mirada que su amigo dedicaba a la mujer que había chocado con él; mirada que la mujer le había devuelto.

—No... perdona, ¿qué me has preguntado?

—Que si te afeitas los huevos.

Karol asintió con la cabeza, sin saber exactamente qué contestar. Sí, se depilaba las ingles... pero eso a Zuper no le incumbía.

—¿Cómo lo haces? —le preguntó el pelirrojo muy interesado. Karol negó con la cabeza, perplejo—. A Alba le gusta que esté depilado, y yo estoy encantado de complacerla, pero... ¡Joder! Estoy harto de cortarme con las malditas maquinillas, y, además, luego, cuando salen los pelos pican un horror. Compré cera de esa fría para depilarme yo mismo, y ¡no te puedes ni imaginar lo que duele! ¡Es horroroso! Y también he probado con las maquinitas esas que arrancan el pelo de raíz, y no sé qué es peor... ¿No sabrás tú de algún producto milagroso que elimine pelos sin hacer daño? —inquirió desesperado.

Karol lo miró patidifuso. Era la primera vez que hablaba de esos temas con otro hombre. Con Alba y Elke era algo habitual, las chicas le habían convertido en una especie de mejor amiga a la que contaban, y con la que experimentaban, todos sus trucos de belleza, pero con otro hombre... Inclinó la cabeza y sonrió.

—Me hago la depilación láser en una clínica de estética que me recomendaron Alba y Elke.

—¡Mierda! Eso no me vale, seguro que duele un huevo —protestó Zuper.

—No te creas. Las primeras veces puede que duela un poco, pero luego solo molesta —dijo pasándole una mano sobre el hombro.

—¿Duele menos? —inquirió Zuper entornando los ojos.

Karol lo miró pensativo; se había prometido no mentir.

—No. Duele igual. Pero como te la está haciendo otra persona no puedes ponerte a llorar, y tampoco salir corriendo. ¿Quieres que te lleve adonde me la hacen a mí?

Zuper apretó los labios, miró al polaco, y a la postre asintió con la cabeza.

—¿Qué tal? —le preguntó Karol cuando salieron del salón de belleza.

—Fatal. Duele muchísimo, parece que me han arrancado los huevos de cuajo y, además, escuece.

—Se te pasará pronto.

—Eso espero —respondió malhumorado.

Caminaron hasta la calle donde Karol había aparcado el coche y al llegar a este, se miraron incómodos. No eran amigos. Pero en esa hora que habían pasado juntos, se habían acercado y habían aprendido que, aunque muy diferentes, se complementaban.

—Oye, tío… —comenzó a decir Zuper metiendo las manos en los bolsillos traseros de su pantalón y mirándole a los ojos bicolores—. Sé que no somos lo que se dice amigos, pero ¿podríamos hablar en privado? Ya sabes… una conversación de esas de tío a tío que las chicas no deben escuchar…

—Alba y Elke son mis amigas, si la conversación implica algo que no les puede gustar… —le advirtió Karol.

—Ya sé que son tus amigas. Yo también tengo amigos, bueno, tengo uno, Héctor —respondió Zuper a la defensiva—. Pero hay cosas de las que no puedo hablar con él, no las entendería. Y necesito hablar con alguien. No es sobre nada malo —se apresuró a decir—. Es solo que… —miró alrededor, incómodo—. Bah, da igual, tampoco es tan importante —negó con la cabeza—. Nos vemos otro día —se despidió.

—Zuper… —le llamó Karol cuando este se dio la vuelta para marcharse—. ¿Te apetece tomar un Żubrówka[2] en el Templo? Alba y Elke no llegarán hasta dentro de un par de horas…

—Me encantaría —aceptó Zuper con una radiante sonrisa.

—¿Qué era eso tan importante de lo que querías hablar? —le preguntó Karol tiempo después.

Estaban en el gran salón del Templo, sentados frente a sendos vasos de Żubrówka. Y Zuper no había mostrado ninguna intención de hablar. Para ser un muchacho tan elocuente, se había limitado a sentarse y mirar la bebida como si quisiera descubrir todos sus secretos.

2. Vodka popular en Polonia.

—Se me hace extraño estar aquí sin Alba y Elke —confesó.

Karol asintió. Entendía lo que quería decir el pelirrojo. A pesar de haber visitado el Templo con cierta asiduidad durante todo el mes, sus estancias en el salón se habían limitado al tiempo que tardaba en decir «hola» y bajar a la mazmorra… y a la mañana siguiente, en decir «adiós» y abandonar el Templo. Nada más.

—No sé qué hacer con las chicas —dijo de repente. Karol arqueó una ceja. Para no saber qué hacer con ellas, en la mazmorra se desenvolvía muy bien—. Sé lo que estás pensando, y no me refiero a eso —le dijo Zuper—. No quiero que nuestra relación se limite a unos cuantos polvos —declaró—. Quiero… que sea real.

—Ya es real.

—No lo es. Solo es real en la mazmorra, fuera nos seguimos comportando como amigos, y yo quiero más. ¡Son mis novias! —exclamó vehemente—. Quiero saludarlas con un beso en los labios cuando nos veamos, tomarlas de la cintura cuando estemos paseando, robarles alguna caricia cuando menos se lo esperen… ya sabes, el tipo de cosas que hacen los novios.

Karol apretó los dientes. No, no lo sabía. Él no había hecho ese tipo de cosas nunca. Su prometida no era una mujer cariñosa, y a él jamás se le habría ocurrido llamar la atención de esa manera sobre ellos; tenían una reputación que mantener y unas expectativas que cumplir. Y luego, cuando todo estalló y ella rompió su compromiso, y con este todo su mundo, no tuvo tiempo de pensar en ello, estaba demasiado ocupado entrando y saliendo de los quirófanos. Y cuando por fin se recuperó y fue libre para hacer lo que quisiera, lo último que había deseado era no volver a amar a ninguna mujer. Por tanto, no. No tenía ni idea del tipo de cosas que hacían los novios, aunque se podía hacer una idea tomando como ejemplo el comportamiento de Eber con Sofía, y de Alba con Elke.

—¿Qué es exactamente lo que quieres? —inquirió mirando al pelirrojo. Intuía lo que quería, pero prefería asegurarse—. ¿Pretendes ser su esclavo 24/7? [3]

—¡Por supuesto que no! —exclamó vehemente echándose hacia atrás—. Pretendo exactamente lo que te he dicho, darles un beso de buenos días, abrazarlas en público o darles un pellizco en el culo cuando bailamos... lo que hacen los novios todos los días.

—Ah... ¿Y por qué crees que no puedes hacerlo? —le preguntó con los ojos entornados.

—Porque no sé si les gustaría o si me consideran algo más que su sumiso. El acuerdo al que llegamos en la mazmorra es bueno pero... ahora quiero más, y no sé si les parecerá bien. Y tampoco voy a preguntárselo ni solicitar su permiso, ¡joder! No quiero que piensen que soy un pusilánime que tiene que pedir aprobación para todo. Una cosa es el juego en la mazmorra, y otra muy distinta la vida real. Y las quiero tener también en la vida real —musitó mirándose las manos—. Estoy hecho un lío, Karol —dijo mirándole a los ojos.

—No, no lo estás. Sabes lo que quieres, pero no te atreves a ir a por ello —replicó el polaco—. Tal y como yo lo veo, solo tienes dos opciones: ir a por ellas y asumir los

---

3. 24/7: término usado en BDSM para referirse a 24 horas al día, 7 días a la semana.

riesgos o seguir como estás y dejar pasar la oportunidad de ser feliz por miedo al rechazo.

—Si voy a por ellas… ¿Cómo lo hago?

Karol parpadeó aturdido, ¿de verdad le estaba preguntando eso a él? No podía haber elegido peor persona a la que pedir ayuda o consejo. Su única experiencia con el cortejo se reducía a firmar el contrato de compromiso que habían redactado los abogados de su padre y el de Laska cuando decidieron que había llegado la hora de que sus hijos se casaran para unir sus empresas. Ni siquiera le habían preguntado, solo se lo habían puesto delante, y él se había limitado a discutir los detalles para sacar el acuerdo más ventajoso para Sapk Inc. antes de firmar. No había tenido que molestarse en conquistarla, seducirla ni nada por el estilo; simplemente tuvieron que comenzar a mostrarse en público con cierto grado de fingida intimidad.

—Dime algo, tío… —le exhortó Zuper al ver que se quedaba callado.

—Salúdalas con un beso y un abrazo la próxima vez que las veas —le indicó Karol. Zuper frunció el ceño, inseguro—. No creo que se enfaden, al fin y al cabo ya has conseguido el privilegio de piel y de labios. —No era una pregunta, había observado cada una de sus sesiones tras la pared de espejos, y sabía de sobra que el muchacho estaba consiguiendo mucho en muy poco tiempo… y que Alba y Elke estaban entusiasmadas con él.

Zuper se removió inquieto sobre el sillón. Intuía que él les miraba, pero saberlo a ciencia cierta era cuanto menos, perturbador.

—¿Y qué hago si rechazan mi saludo?

—No les permitas rechazarlo —aseveró Karol.

Zuper asintió con la cabeza, pensativo. Pasaron unos minutos, en los que cada hombre se perdió en sus pensamientos mientras saboreaba el vodka, hasta que el agudo timbre de un teléfono interrumpió el momento.

—Discúlpame un momento, tengo que solucionar unos asuntos. —Karol se dirigió a una puerta cerrada. Al instante de traspasarla el teléfono dejó de sonar.

Zuper se repantingó en el sillón mientras meditaba los pasos a seguir. O al menos eso hizo durante casi diez minutos, luego se cansó de meditar. Eso no iba con él.

—¿Qué haces, tío? —le preguntó a Karol entrando en el cuarto en el que este estaba.

Karol levantó un dedo a la vez que negaba con la cabeza, instándole a esperar en silencio, y luego continuó hablando por teléfono. Zuper se sentó en una silla y esperó. Y mientras lo hacía observó sorprendido lo que le rodeaba. Estaba totalmente fuera de lugar con la casa del polaco... y no solo con lo que había bajo la torre, sino con el edificio al completo. No era enorme como el resto de las estancias, ni estaba apenas decorada y libre de aparatos electrónicos. Joder, en el salón ni siquiera había un televisor, y en ese cuarto una de las paredes estaba forrada con pantallas planas llenas de números y datos. Y eso por no hablar de los ordenadores, faxes, aparatos de videoconferencia, teléfonos... Zuper parpadeó atónito; siempre había pensado que Karol solo tenía un móvil, jamás había visto un teléfono en su casa... y allí había por lo menos media docena de auriculares, cada uno de un color, anclado a una consola llena de botones. Aguzó el oído. El polaco parecía estar hablando en... ¿ruso? En ese momento Karol colgó, tomó otro teléfono, pulsó un botón de la consola, y comenzó a hablar en... ¿chino?

—¿Hablas chino? —le preguntó en el mismo momento en que colgó. Karol asintió mientras escribía algo en uno de los teclados que había en la mesa—. ¿Y ruso? —Karol volvió a asentir sin prestarle apenas atención—. ¿Cuántos idiomas hablas?

Karol dejó de teclear y entornó los ojos un instante, como si estuviera contando.

—Siete… —frunció el ceño—. Y polaco, claro. Entonces, ocho —afirmó tecleando de nuevo.

—¡Ocho!

—No, nueve. Inglés, francés, italiano, alemán, chino, ruso, español, polaco… y japonés, aunque este último lo tengo algo oxidado —comentó introduciendo unas claves. Los monitores que ocupaban la pared se quedaron en negro—. Regresemos al salón.

—¿Cómo es que hablas tantos idiomas?

—Es mi trabajo.

—¿Eres profesor de idiomas?

—Eh, no —rechazó Karol divertido—. Soy… —se detuvo un instante. ¿Cómo explicarlo?—. Soy buscador de información.

—¿Qué narices es eso? —inquirió Zuper mirándole alucinado.

—Me adiestraron para buscar y conseguir información para cualquier asunto que le conviniera a Sapk Inc., ya fuera para invertir en bolsa, comprar o hundir otras empresas, o simplemente ofrecer un regalo a los aliados.

—¿Qué es Sapk Inc.?

—La empresa de mi padre.

—Ah, como Sapkowski… —Karol asintió—. Pero ya no trabajas para tu padre, ¿no? —No es que supiera mucho sobre Karol, las chicas le habían contado algo, pero no demasiado. Solo sabía su nombre, su apellido, y que no tenía contacto con su familia.

—No. Hace tres años que dejé de estar a su servicio, pero no hay motivo por el que no pueda aprovecharme de todo lo que aprendí y usarlo en mi propio beneficio —comentó con una sonrisa ladina en los labios.

—Y que lo digas. Ya me gustaría a mí poder hacer lo mismo que tú y forrarme. Debe de ser alucinante tener tanto dinero.

—No tengo tanto —apuntó Karol divertido.

—Ya… —replicó Zuper lanzándole una intensa mirada para luego girar sobre sí mismo con los brazos en cruz, señalando todo lo que les rodeaba.

—No se te daría mal —afirmó Karol divertido—. Alba y Elke me han dicho que eres capaz de obtener cualquier cosa. —Por lo que él sabía, el pelirrojo era un «conseguidor» de primer orden. Podía conseguir cualquier cosa, desde unas pulseras de hotel falsas hasta un pase para el palco de cualquier partido de fútbol. De hecho, vivía de eso, de conseguir cosas y venderlas. Y además parecía tener un sexto sentido para descartar la información inútil de la importante. Entornó los ojos pensativo.

—Bah, son chorradas. Simples argucias que me dan para comer —le quitó importancia Zuper.

—¿Te gustaría trabajar para mí?

—¿Yo? —Lo miró con los ojos muy abiertos—. ¿Qué tendría que hacer? —preguntó perspicaz.

Karol sonrió y le indicó que se sentara…

Cuando las chicas llegaron al Templo se encontraron a ambos hombres en el salón, rodeados de periódicos, y sumergidos en una conversación sobre… ¡acciones!

—¿Qué hacéis? Es más, ¿qué haces tú aquí, Zuper?

—preguntó Elke alucinada. Era la primera vez que veía a Zuper en el Templo sin que estuviera citado en la mazmorra.

—Charlar con mi amigo —respondió este levantándose y yendo hacia ella con decisión—. Os he echado de menos —dijo depositando un suave beso en los labios de la alemana, dejándola totalmente pasmada. Luego se dirigió a Alba con las mismas intenciones, pero se detuvo al llegar junto a ella—. Estás muy guapa hoy —comentó devorándola con la mirada pero sin atreverse a dar el siguiente paso. Al fin y al cabo, Elke era como él, sumisa. Pero Alba era dómina, no sabía cómo recibiría sus atenciones, y no quería... fastidiarla.

—Gracias —musitó la joven. Esperó un instante a que él dijera algo más, y al ver que eso no iba a suceder, arqueó una ceja—. ¿A mí no me vas a saludar con un beso? —le increpó algo molesta. ¿Por qué a Elke sí, y a ella no?

Zuper le dedicó una sonrisa radiante para después abrazarla con ternura, y darle un impresionante beso que la dejó jadeando. Cuando se separaron, ambos sonreían encantados.

—A mí no me has besado con lengua —le recriminó Elke malhumorada y algo celosa.

Zuper parpadeó asombrado, sonrió y reparó su error. Acababa de darse cuenta de que iba a tener que ser muy cuidadoso. Tenía dos novias y debía dedicar a ambas la misma atención. ¡Era maravilloso!

Pasaron el resto de la tarde jugando al Monopoly. Él sentado entre las dos chicas, acariciando la mano a una y a la otra, besando a una y a la otra, y dándoles una paliza a ambas por igual. ¡No había quién le ganara cuando se trataba de comprar parcelas y construir hoteles en ellas!, bueno, sí. Karol le ganaba, pero el polaco no contaba, al fin y al cabo los negocios eran su trabajo…

Poco antes de las ocho y media, recogieron el juego, dando por ganador a Karol y por finalista a Zuper. Karol se colocó el parche en el ojo derecho y llevó a sus amigos al hotel en el que los Spirits tocaban esa noche, y luego condujo hasta 54Sueños, su discoteca, donde se encerró en su oficina para pensar con detenimiento en todas las sorpresas que le había deparado el día.

Zuper observó a su mejor amigo, Héctor. El joven rubio miraba arrobado a la mujer que en esos momentos cantaba sobre el escenario. Hubo un tiempo en que Zuper había sentido envidia de la cara de idiota que Héctor tenía en ese momento, pero ya no. Porque estaba seguro de que él tenía la misma cara de imbécil. Ambos estaban enamorados. Ambos miraban a sus chicas embelesados. Solo que él tenía dos chicas a las que mirar. Elke, que estaba sobre el escenario tocando el bajo, y Alba, que estaba sentada junto a él en la mesa. Y las adoraba a las dos por igual. Sintió que su pecho se hinchaba de orgullo por tener a dos mujeres tan maravillosas, tan especiales, y porque no decirlo, tan guapas, a su lado.

—Pareces un pavo real… —le susurró Alba al oído—. ¿Qué estás pensando?

—En vosotras —respondió Zuper en el mismo tono de voz.

La sonrisa que le dedicó Alba fue el más hermoso de los premios.

La miró embelesado, incapaz de creer en su suerte. Apenas hacía dos meses que lo había aceptado como su sumiso y, desde entonces, había conseguido tanto que no se lo podía creer. Sí, había sido castigado con dureza el mismo día de su iniciación, pero mirándolo en retrospectiva, no solo se lo merecía, sino que además el correctivo le había motivado a comportarse mejor, controlarse más e ir asumiendo nuevos retos... Y tenía que reconocer que Alba era extraordinariamente imaginativa con respecto a los retos. Y con cada nuevo desafío que lograba superar, no solo ascendía a nuevas cotas de placer, sino que ganaba un nuevo privilegio. Pero no eran los privilegios, piel y labios, que había ganado los que le aportaban el mayor placer, sino todo lo demás. Ahora Alba confiaba en él, y lo desafiaba constantemente, para que tuviera un mayor control, para que aguantara más, para que aguzara el ingenio y así conseguir mejores castigos... Era apasionante.

Ya no le ataba a la cruz mientras jugaba con Elke, sino que había creado, ¡con sus propias manos y solo para él!, un cinturón especial que tenía dos esposas de cuero ancladas a las caderas con las que le sujetaba las manos para que no se tocara la polla. Se lo ponía y le permitía arrodillarse junto a ella cuando realizaba los *bondages* de Elke, y también cuando la llevaba poco a poco hasta el orgasmo: Y él lo veía en primera fila, lo olía... y si se portaba bien, incluso lo saboreaba. Tragó saliva recordando el sabor de la alemana, era increíble. Le había dejado lamerle el coño un par de veces, y por poco no se había corrido haciéndolo, pero había logrado contenerse y con ello, había conseguido su premio. Así había ganado el privilegio de los labios. Ahora Alba le besaba cuando le permitía correrse, y era... sublime.

Además, cuando tras el orgasmo a Elke le abandonaban las fuerzas, Alba le desataba y le permitía darle de beber, y luego ayudaba a su ama a verter aceite calmante sobre las rojeces que dejaban las ligaduras, y mientras lo hacía, jugaba a enfadar a Alba. Se le «caía» el aceite de las manos, o la «empujaba» sin querer, o «hablaba» sin darse cuenta… y entonces Alba, fingía enfadarse, y por supuesto, le castigaba. Su castigo favorito seguían siendo los azotes en el trasero, intercalando los roces en los huevos con algún que otro golpecito muy, muy suave. Le encantaba tener el culo rojo como un tomate… y luego, cuando Alba comenzaba a jugar con él, ella siempre encontraba la ocasión para pasarle las uñas sobre el trasero, y la sensación era… impresionante. Pero debía tener cuidado con las infracciones, si hacía demasiadas y muy seguidas, Alba le reprendía de verdad, y entonces los castigos no eran tan excitantes. Lo que le llevaba a mantener el ingenio vivo y, para qué negarlo, eso le encantaba.

Alba miró a Zuper embelesada. Había resultado ser todavía más especial y maravilloso de lo que había pensado en un primer momento. Había conseguido sus privilegios en muy poco tiempo y, al paso que iba, no dudaba de que en breve sería merecedor de optar al último. Y ella estaba deseando otorgárselo, se moría por acostarse con él, más ahora que por fin se había decidido a dejar claras sus intenciones y tratarlas a ella y a Elke como a sus novias. Y, para qué engañarse, eso le encantaba. No era solo sexo. Era mucho, mucho más. Ambas estaban total y rotundamente enamoradas de él, y estaba segura de que él sentía lo mismo.

Le observó con atención mientras le explicaba a Héctor alguna de sus teorías. Al principio le habían parecido absurdas, pero tras esa tarde en el Templo, jugando al Monopoly con Karol mientras este alababa la perspicacia de Zuper, se había dado cuenta de que no solo era inteligente... Tenía un sexto sentido para ver más allá de lo que había a simple vista. Suspiró emocionada. Era un hombre listo, muchísimo. Y también muy ingenioso. Y era suyo. Y de Elke. Y no había ningún reto imposible para él. O tal vez sí... Una sonrisa lasciva se dibujó en sus labios, había llegado la hora de ir más allá de los límites con los que habían jugado hasta ese momento.

Esperó hasta que ambos hombres dejaron de hablar, y cuando Héctor se levantó para ir a por unos refrescos, Alba se inclinó hacia Zuper y le susurró al oído:

—¿Te has masturbado durante esta semana?

—Eh... sí —respondió él, confuso. ¿Por qué le preguntaba eso? Ella nunca le había dicho que no pudiera hacerlo, y joder, él lo necesitaba. Se pasaba los días cachondo y las noches... mejor no pensarlo.

—¿Cuántas veces?

—No lo sé... una o dos al día —confesó abochornado.

Alba sonrió encantada, que su chico fuera tan ardiente haría el desafío mucho más excitante.

—No lo harás más —le ordenó tajante.

—¿¡Qué?! No me puedes pedir eso... —siseó él con los ojos abiertos como platos.

—Puedo y lo hago. —Alba arqueó una ceja ante su rebeldía—. No te masturbarás sin mi permiso.

—Alba... —gimió desolado antes de erguir de nuevo la espalda y fijar su mirada en ella—. ¿Durante cuánto tiempo?

—El que yo considere necesario.

—Lo que me pides es imposible, no lo voy a poder cumplir. Acabaré matándome a pajas antes de que me des permiso para hacerlo —musitó derrotado. Se veían en el

Templo una vez a la semana como mucho… ¡No iba a ser capaz de estar siete días sin aliviarse!

—Claro que lo vas a conseguir —afirmó ella con seguridad—. ¿Cuándo no has logrado algo de lo que te he pedido? Solo tienes que proponértelo… —murmuró antes de aferrar entre los dientes el pendiente en forma de aro que él llevaba y que lo identificaba como su sumiso, para tirar con suavidad de él. Un ronco jadeo escapó de los labios masculinos—. Es un desafío, y tú siempre sales victorioso. No es diferente a cualquiera de los otros retos que te he impuesto.

—Sí lo es —gimió él en respuesta a la vez que se giraba hacia ella y, haciendo acopio de valor, posaba la mano sobre uno de sus dulces muslos—. Todo lo que me has pedido ha sido en el Templo, en un plazo de tiempo determinado que no iba a ser superior a unas pocas horas. Lo que me pides ahora no tiene plazo… puede ser un día, dos, tres, los que tú decidas; no voy a poder masturbarme en todo ese tiempo, y… ¡me voy a volver loco! Tú no sabes cómo me pongo por las noches… de día puedo más o menos controlarme, estoy con gente y parece que se me va un poco de la cabeza cuánto os deseo, cuánto os echo de menos, pero por las noches… Es imposible. No te puedes ni imaginar lo cachondo que me pongo al meterme en la cama… y de madrugada… y cuando me despierto —explicó entre dientes. En ese mismo instante, solo de pensar en la contención que le estaba exigiendo, se estaba poniendo duro como una piedra—. No, Alba, es imposible. Aunque quiera obedecer, no voy a ser capaz de controlarme. Mi cuerpo, y mi polla, no me hacen caso.

—Oh… es una lástima que no tengas tanta fuerza de voluntad como yo pensaba —musitó ella apartándole la mano con la que le acariciaba la pierna—. Había pensado… —Hizo una pausa antes de continuar y negó con la cabeza.

—¿Qué habías pensado? —inquirió él con voz estrangulada.

—Nada, si no vas a hacerlo, es mejor que no lo sepas —replicó ella, toda inocencia.

—Alba…, por favor.

—No puedo resistirme a ti cuando suplicas —confesó antes de besarle—. Había pensado que, ya sabes, a grandes esfuerzos siempre les siguen grandes recompensas…

Zuper dejó caer la cabeza y se aferró a la mesa con ambas manos. Todo su ser le empujaba a aceptar el reto de su ama, a llevarlo a cabo y complacerla. A hacer que se sintiera orgullosa de él, y además, le iba a recompensar por ello. Si estaba tan excitado solo de pensar en complacerla, ¿cómo lo estaría, y, cuánto placer conseguiría, si lograba salir vencedor? Levantó la cabeza y la miró, deseando aceptar. Temiendo hacerlo, y fallar.

—Si lo que te preocupa es perder el control por las noches… puedo sugerirte algo que te ayudará —susurró ella con voz severa.

—¿Qué? —gimió él incapaz de contener un ramalazo de excitación que se ancló en sus genitales. Cuando ella ponía esa voz…

Alba sonrió y señaló con la cabeza a Héctor, que en ese preciso instante dejaba los refrescos en la mesa para a continuación sentarse y comentarles lo llena que estaba la barra y lo mucho que le había costado conseguir las bebidas.

Zuper dio un trago a su refresco y miró enfurruñado a su mejor amigo. ¡No podía haber llegado en peor momento! Luego desvió la mirada a Alba, la joven escribía algo en una servilleta con toda la tranquilidad del mundo, como si la conversación que acababan de mantener no la hubiera excitado ¡mientras que él sería capaz de clavar clavos con la punta de la polla! Bufó indignado e intentó echar un vistazo a la servilleta. Alba la tapó con la palma de la mano a la vez que se reía con esa risa suya que parecía decir que estaba pensando algo malo, muy malo... Su pene saltó contra la tela vaquera del pantalón, instándole a hacer lo que fuera necesario. Zuper negó con la cabeza, y dirigiendo la mirada a los Spirits, observó con atención la actuación.

Poco después, su vigilancia fue premiada. Sara entonó una de esas aburridas canciones que tanto gustaban a los jubilados que se hospedaban en el hotel. Al fin y al cabo aún no era temporada alta, y la pista se llenó de parejas que se movían con más gracia y salero del que nadie pudiera creer posible dada la avanzada edad de los bailarines. Tomó a Alba de la mano y la instó a levantarse.

—¿Qué haces? —preguntó ella aturullada.

—Vamos a bailar.

—¡Es un pasodoble! —exclamó. Ni él ni ella sabían bailar ese tipo de música.

Él tiró de su mano por única respuesta, y ella, encogiéndose de hombros divertida, le acompañó a la pista. La abrazó con fuerza, pegándola a su delgado cuerpo, y comenzó a bailar con el mismo tino y elegancia que un elefante en mitad de una cristalería.

—¿Qué me ibas a decir? —inquirió él con impaciencia.

—¿Sobre qué? —replicó ella con fingida inocencia.

—Ya sabes sobre qué —susurró con los dientes apretados—. Ibas a sugerirme algo que me ayudaría a controlarme por las noches.

—Ah, eso… bah, no te preocupes. Lo he pensado mejor, y si no te sientes preparado es tontería que lo intentes.

—No voy a intentarlo, Alba. Yo jamás intento nada. Lo hago o no lo hago. Y voy a hacerlo —le espetó vehemente.

—¡Ese es mi chico! —exclamó ella antes de morderle el labio inferior con fuerza no exenta de dulzura, para a continuación sumergir la lengua en la boca de él.

Zuper jadeó excitado, la abrazó fogoso y cuando fue a deslizar la mano sobre su trasero, ella le volvió a morder el labio y se separó de él, no sin antes meterle algo en el bolsillo de los vaqueros.

—No, no, no —canturreó burlona sujetándole para que no pudiera hundir la mano en el bolsillo y hacerse con la codiciada servilleta manuscrita—. No se te ocurra mirarlo antes de mañana.

—¿Por qué? —musitó él enarcando las cejas.

—Esta noche, cuando llegues a tu casa, desnúdate y, sin leer la nota, ve a la ducha y hazte la paja del siglo, luego métete en la cama, medita sobre lo que hemos hablado, y si cuando te despiertes empalmado sigues decidido a experimentar con la privación del placer —le dio por primera vez nombre a lo que le estaba pidiendo—, entonces, guárdate la polla en los calzoncillos, porque no deberás masturbarte, lee la nota y sigue las instrucciones.

Madrugada del sábado al domingo 23 de mayo 2010

Laura elevó los brazos por encima de su cabeza y se estiró perezosa mientras observaba el monitor con los ojos entrecerrados. Tal y como había supuesto no le había sido demasiado complicado encontrar información sobre un ricachón polaco con el mismo apellido que un famoso escritor de fantasía épica de ese país. De hecho, lo más difícil había sido conseguir un buen traductor con el que traducir las páginas webs polacas... y tampoco lo había sido tanto, para encontrar cualquier cosa en Internet bastaba con saber dónde buscar. Y ella sabía.

Una vez descargado el traductor, solo había tenido que sumergirse en la red para descubrir que él se llamaba en realidad Karol, con K, y que, efectivamente, era un ricachón, o lo había sido.

Al principio no lo había reconocido, y por eso había perdido una hora buscándolo cuando lo tenía ante sus narices. Pero, en su descargo debía decir que jamás hubiera pensado que un hombre pudiera cambiar tanto en tan poco tiempo. El Karol Sapkowski que estaba inmortalizado en las fotos apenas si guardaba parecido con el hombre que ella conocía. Sí, su rostro era el mismo y también su altura... pero nada más. En las imágenes de él que había en las páginas de sociedad y de economía de los periódicos y revistas polacas, él siempre vestía elegantes trajes, probablemente hechos a medida a tenor de cómo le sentaban. También estaba menos delgado, y su pelo era negro, tal y como lo llevaba ahora, pero mucho más corto y peinado al estilo clásico. Tampoco llevaba los ojos, los labios ni las uñas pintadas, ni tenía los ojos bicolores, al contrario, ambos eran de un delicioso azul claro. ¿Usaría lentillas para cambiar el tono azul a negro en el derecho? Y si lo hacía, ¿por qué? Pero, aparte de las obvias diferencias entre el hombre que había sido fotografiado y el que ella conocía, había una que la había impactado profundamente. Él no parecía en absoluto contento ni siquiera alegre. Y no era que ahora lo pareciera, pero le había visto sonreír en más de una ocasión y tenía una sonrisa preciosa. Y, sin embargo, en las fotos de prensa, donde las falsas sonrisas «profident» brillaban más que los rayos de sol, él no sonreía. No había encontrado ninguna en la que se le viera aparentemente feliz. Ni siquiera aquellas en las que estaba acompañado de una voluptuosa, elegante y bellísima rubia: su prometida, o exprometida, según había leído por encima en las páginas de sociedad. Lo cierto era que no había hecho mucho caso a la prensa rosa. Esta, ya fuera española, polaca o marciana siempre era más de lo mismo, y a ella lo que le importaba no tenía que ver con la vida amorosa del hombre, sino con otras cosas. Utilizando un servidor seguro que había desviado por varios países, había llegado hasta la red polaca, y desde ahí no había sido complicado infiltrarse en ciertos registros y averiguar que él ya no estaba nacionalizado como ciudadano polaco. ¿Por qué haría algo así? Y lo que era más interesante todavía, ¿cuánto dinero le había costado conseguirlo? Porque si no había leído mal, para deshacerse de una nacionalidad tenía que estar nacionalizado en otro país durante tres años, y él no lo estaba. De hecho, si hacía caso de los datos de su pasaporte, estaba nacionalizado en una isla del Pacífico que solo existía en los registros, pero no en la realidad... ¡Impresionante! Le encantaría conocer al *cracker* [4] que había conseguido eso.

4. *Cracker*: en referencia a los ciberpiratas, aquellos que rompen las redes de seguridad.

Se levantó de la silla y, tras frotarse los ojos, se dirigió a la pequeña cocina americana que había en un extremo de su estudio. Tomó un vaso de plástico de la encimera, lo llenó con leche fría que sacó de la nevera y luego se hizo con el último paquete de donuts de chocolate que guardaba en el armario. De regreso al ordenador sorteó los cientos de libros que se acumulaban en altísimos pilares sobre el suelo, ignoró los restos de *pizza* del día anterior esparcidos sobre la mesa que había junto al diminuto sofá, y sentándose sobre la silla la hizo girar sobre las ruedas y posó los pies en la cama junto a la jaula de *Pixie*. Su casa no era muy grande, de hecho, no alcanzaba los veinte metros cuadrados, pero era perfecta para ella. Todo al alcance de la mano y poco que limpiar.

Jugó con los dedos de los pies con los barrotes de la jaula hasta que *Pixie* se despertó, y lógicamente, al ver el paquete de donuts se apresuró a trepar por las piernas femeninas hasta llegar a la tripa y de ahí, dio un salto a las manos. Laura sonrió, rascó las orejitas de su esquiva mascota y luego le acercó el donut a la nariz. *Pixie* se lo arrebató de las manos con vertiginosa rapidez, y regresó a su jaula donde se dedicó a mordisquearlo con deleite.

Laura sonrió divertida y luego se tomó lentamente su cena, o tal vez debería decir desayuno. Tras dejar los restos en la mesa, para que hicieran compañía a la correosa *pizza*, volvió la mirada al ordenador. Debería cerrar los ojos y descansar un poco. Llevaba pegada al monitor desde que lo había visto, esa misma tarde, pero apenas eran las cinco de la madrugada, y aún era pronto. Sonrió, puso los dedos sobre el teclado, y comenzó a violar la ley.

Varias horas más tarde sabía dónde vivía Karol, con quién tenía contratado el sistema de seguridad de su casa, y lo que era más importante, como saltárselo. Solo necesitaba comprar un par de cosas, que conseguiría sin problemas en la *deep web*[5] y elegir el mejor día para tomarse la revancha.

Se había alejado de ella, rechazándola, cuando se había mostrado compasiva y le había dado la oportunidad de acercarse y cambiar los términos del juego. No había problema, ella lo haría por él. Iría a por él y cambiaría las reglas del juego en su propio beneficio. Se había acabado el portarse bien. Sonrió.

Pobrecito..., no sabía con quién estaba jugando.

5. *Deep Web*: 'Internet profundo'. Son todas las páginas no indexadas por los motores de búsqueda. En contraposición con Internet superficial (el que todos usamos), la *deep web* es unas cincuenta veces superior en contenido (datos de 2000).

La recompensa

Domingo, 23 de mayo de 2010

—*D*ebo de estar loco —musitó Zuper en el mismo momento en que el agua fría cayó sobre su cuerpo.

Había hecho exactamente lo que le había ordenado Alba: había llegado a su casa a las tantas de la madrugada, excitado, cardíaco y con dolor de huevos, se había hecho la paja del siglo encerrado en el cuarto de baño —en su habitación era imposible, la compartía con tres jóvenes más—, y tras eso, se había metido en la cama. A meditar. Porque dormir, lo que se dice dormir no había dormido nada. Y como consecuencia había pasado toda la noche empalmado y luchando contra la tentación de meneársela un poquito, solo una pizca de nada, lo justo para correrse un par de veces y poder descansar tranquilo. Pero no lo había hecho. Porque era un hombre de palabra, y había tomado una decisión. No se masturbaría, aunque su polla y sus huevos estuvieran totalmente decididos a llevarle la contraria y hacérselo pasar mal.

Y ahí estaba ahora, a las nueve de la mañana, una hora totalmente excepcional para tratarse de un domingo, bajo la ducha, rogando para que el agua fría calmara un poco su ardor. Bajó la mirada a su entrepierna, su pene erecto se bamboleaba desafiante sobre su pubis depilado. Suspiró, tomó la alcachofa de la ducha, y sin darse tiempo a pensar lo que iba a hacer, la dirigió directamente a sus genitales.

—¡Joder, joder, joder! —jadeó dando golpes a la pared con la mano libre mientras su erección por fin disminuía, eso sí, no se lo recomendaba a nadie. Una cosa era darse un baño en el mar para bajar un poco el ardor, y otro enfriar por las bravas la excitación de toda la noche.

Cuando se hubo asegurado de que la erección que no le había permitido dormir había quedado reducida a cenizas, o mejor dicho, a cubitos de hielo, salió del cuarto de baño, tomó la servilleta que Alba le había entregado y comenzó a leerla. Cuando acabó, volvió a entrar en el baño. Necesitaba otra ducha. ¿Qué tendría esa mujer que con solo leer sus órdenes se ponía cardíaco? Iba a resultar un reto muy, pero que muy complicado de cumplir.

Una hora después, estaba en la calle, frente al *sexshop* que Alba le había indicado en la nota, y era una suerte que estuviera abierto. Necesitaba con urgencia comprar el trasto que le había sugerido para controlarse y no caer en la tentación. Entró decidido, preguntó al dependiente por el CB6000 y luego boqueó como un pez al descubrir exactamente lo que era. Escuchó atento sus explicaciones sobre como colocárselo y, por último, lo pagó —¡menudo precio, esperaba que mereciera la pena!—. Abandonó la tienda erótica mirando a su alrededor como si fuera un delincuente. Esperaba que nadie descubriera jamás lo que acababa de comprar, lo tomarían por loco.

Ya en casa se encerró en el cuarto de baño y se dio una

nueva ducha. ¡Solo con pensar en el motivo por el que se había comprado el cacharro volvía a ponerse cachondo! Cuando se hubo tranquilizado lo suficiente sacó el «juguete» de su caja y, lanzando un sonoro suspiro, procedió a probárselo. Se lo quitaría al instante, Alba le había prohibido usarlo durante el día, pero, conociéndole como le conocía, le daba permiso para probárselo, y él era como un niño con zapatos nuevos, necesitaba estrenarlo, aunque fuera durante unos minutos.

Sentado sobre la taza del váter observó con atención el objeto. Era, por así decirlo, un cinturón de castidad. No uno de esos antiguos de metal que cubrían todo el pubis; nada más lejos de la realidad. Era… una funda de plástico transparente, rígida, del tamaño de una polla en reposo, con agujeros en los laterales donde iría sujeto el tallo del pene, y una pequeña abertura donde iría el glande, para dejar libre la uretra. Aparte de la jaula, el juguete constaba también de otras piezas. Una de ellas, un aro abierto, cuyos extremos, además de estar separados, finalizaban en dos agujeros. Zuper se apresuró a colocárselo rodeando el escroto, de manera que envolviera los testículos y la base de la polla, tal y como le habían explicado en la tienda; y luego, colocó una pieza semicircular sobre el aro. Esta tenía tres taladros, dos en los extremos y uno en el centro, ancló los extremos de las dos piezas con sendas barritas que insertó en los agujeros y, a continuación, encerró su pene en la jaula, haciendo coincidir los agujeros. Una vez hecho esto, pasó una varilla algo más gruesa por el orificio central de la pieza más pequeña, anclándola a la jaula, tomó el diminuto candado, lo insertó en el extremo de la varilla y lo cerró. Todo su cuerpo tembló al escuchar el clic. Echó la cabeza hacia atrás y cerró los ojos, mientras sentía cómo su pene reaccionaba a la reclusión. Intentaba endurecerse pero la jaula lo impedía. Sintió un ramalazo de placer seguido por un conato de dolor cuando su glande chocó contra el rígido plástico que lo confinaba. Y eso le excitó todavía más. No sabía si el cinturón de castidad iba a ser una ayuda o un tormento.

Inspiró profundamente y sacó de la cartera la nota de Alba para volver a leer, aunque no le hacía falta, sus instrucciones. Tenía que hacerse una foto con el juguete puesto cuando se lo comprara y mandársela; quería ver qué tal le quedaba. Luego se lo tenía que quitar y no volver a pensar en él. ¡Como si fuera tan fácil! Y, por último, tenía que mandarle una foto cada noche, cuando se lo pusiera, y otra por la mañana antes de quitárselo. Y debía hacerlo desde el móvil, para que ella pudiera comprobar la fecha y la hora en que las fotos estaban tomadas. Se mordió los labios, y antes de pensarlo más, guardó la nota y tomó una foto de su verga enjaulada para a continuación mandársela a Alba. Su respuesta fue instantánea; le decía lo hermosa que se veía su polla en la jaula y lo orgullosa que se sentía de la fuerza de voluntad de la que hacía gala.

Zuper leyó el mensaje un par de veces, jadeó, excitado y dolorido cuando su pene volvió a rebelarse, y por último, se metió de nuevo en la ducha. Cuando salió había ideado un plan para salir vencedor del desafío. No pensaría en el sexo, ni mucho menos hablaría de ello con las chicas. Sería complicado, sí, su mente era muy lujuriosa, pero no imposible. Al fin y al cabo apenas si veía a Alba y a Elke unas horas cada tarde, y tampoco eran muy cariñosas en público, por tanto, solo tendría que controlarse un poco, y por las noches, el momento más complicado para la contención, ya se ocuparía la jaula para el pene...

Miércoles, 26 de mayo de 2010

Se removió por enésima vez en la cama y, harto de pelearse con las sábanas, abandonó el lecho y se dirigió a la cocina a por un trago de leche que tomó directamente de la botella. Miró el reloj, no eran ni las siete de la mañana, demasiado pronto para mandarle la foto a Alba. Cogió un par de magdalenas y se sentó en el sillón del salón a comérselas y, de paso, a observar el trajín de sus compañeros de piso. Héctor acababa de salir por la puerta para irse a trabajar, y los otros seis chicos estaban acabando de vestirse y desayunar para hacer lo mismo. Pocos minutos después, se quedó solo en su diminuta casa. Negó con la cabeza, apesadumbrado. Nunca se despertaba antes de las diez, y en el mismo momento en el que abría los ojos se vestía raudo y veloz y salía a la calle a trabajar. Jamás hubiera pensado que estaría a las siete de la mañana, sentado en el sillón, muerto de ansiedad y deseo, mirando el reloj para mandar una foto cuando dieran las diez y media. Era... inconcebible. Se rascó la barriga y cogió su agenda, que en realidad no era más que un cuaderno cochambroso, para ver lo que tenía pensado hacer ese día.

Tenía que acercarse al banco para pagar la luz, el gas y el agua. Miró en otro cuaderno el estado de sus finanzas, había dinero para ello, no demasiado, pero al fin y al cabo el día uno cobraría a sus compañeros de piso el alquiler y volvería a tener para ir tirando.

Esa había sido una de sus grandes ideas. Había alquilado la diminuta y ruinosa casa por una miseria, para a su vez, alquilar a otros chicos un espacio para dormir, ni siquiera habitaciones, sino literas. Cobraba un alquiler ridículo, que a sus compañeros les iba de perlas, y a él, de maravilla. Al fin y al cabo los siete alquileres irrisorios daban como resultado casi el triple de lo que él pagaba. Y con eso, le daba para pagar las facturas y comer medio mes. El otro medio… en fin, tocaba buscarse la vida. Abrió el cuaderno/agenda y buscó entre sus contactos alguno que le pudiera servir para conseguir la información que le había pedido Karol, y que le pagaría bien, muy bien. Sonrió, tenía dos posibles fuentes. Luego subrayó con rotulador rojo el teléfono de un amigo que tenía un amigo que quería vender las entradas para el partido del Real Madrid contra el Hércules. Conocía a un par de personas que estarían interesadas en comprarlas, y él se llevaría su comisión, por supuesto. También señaló el teléfono de uno de los ganadores de la lotería nacional del viernes para volver a llamarlo. Ya se había puesto en contacto con él el sábado, y el hombre parecía estar de acuerdo en vender sus décimos premiados a uno de sus conocidos que los compraba con un suplemento del 10% del cual, Zuper se quedaba un 2%. Sí, podía considerarse blanqueo de dinero, pero él no hacía nada malo, solo poner en contacto a unos y otros. Por último tomó nota de pasar a recoger las invitaciones, con la primera consumición gratis, del bar de copas que se abriría el viernes en Torrevieja. Había llegado a un acuerdo con el dueño, por cada persona que llevara su invitación le pagaría una pequeña cantidad… y Zuper conocía a muchas personas, y por supuesto, pensaba invitarlas a todas. Al fin y al cabo era un amigo maravilloso.

Cerró el cuaderno con una sonrisa satisfecha en los labios, si manejaba bien cada tema, podría conseguir un buen pico con el que acabar el mes. Le encantaba que los planes salieran bien.

Miró el reloj de nuevo, aún faltaban dos horas para hacerse la foto y mandársela a Alba, y no podía hacerlo antes, porque ella le regañaría si no se ceñía a sus órdenes, así que… puso los pies encima de la mesa e intentó echar un sueñecito. No había dormido nada en toda la noche y, sinceramente, le hacía falta relajarse. Lo difícil era conseguirlo.

Por un lado, su propia cabeza no dejaba de mandarle lujuriosas y excitantes imágenes que le ponían a mil, ya fuera de noche o de día. Si era de noche, la jaula en la que encerraba su polla se ocupaba de controlarle, proporcionándole de paso un placentero dolor, y si era de día, en fin, eso era un poco más peliagudo. Se había acostumbrado a ir con calzoncillos muy ajustados que sujetaran y constriñeran su erección, y a llevar las camisas por fuera, para las ocasiones en las que ni los calzoncillos lograban dominar su impaciente pene. Pero su mente calenturienta no era su principal enemigo. En absoluto. Su principal enemigo eran las dos hermosas rubias de las que estaba locamente enamorado, y que se dedicaban a torturarle. Y le encantaba que lo hicieran.

Cerró los ojos dejándose llevar por los recuerdos. El domingo había estado con ellas durante toda la actuación y luego las había acompañado a 54Sueños, supuestamente a tomar unos refrescos y charlar. Y ellas se habían empeñado en bailar. Pegadas a él. Alba meciendo su pubis contra su erección y sus preciosos pechos contra su torso, y Elke tras él, frotándole la espalda con sus enormes tetas. Y mientras bailaban no habían dejado de besarle. Esa noche había necesitado más de un cuarto de hora bajo el chorro de agua fría para colocarse la jaula.

El lunes había tocado playa. Y las chicas hacían toples. Y además se habían empeñado en embadurnarle bien de crema para que no se quemara por culpa del sol. Había tenido que tumbarse boca abajo en la arena para no provocar las iras de las familias que estaban en la playa, eso sí... después de hacer un agujero en el que acomodar su tremenda erección. Por la noche, había necesitado más de veinte minutos de masaje con el agua fría. Y aun así, cada vez que intentaba colocarse la jaula, el imbécil de su pene se hinchaba, complicándole la vida.

Y, el martes... era increíble lo que podían conseguir unos cuantos roces inocentes durante una partida de Monopoly. Había pasado toda la tarde en el salón del Templo, jugando con Karol, Eberhard, Sofía, Alba y Elke, por lo que no había hecho nada censurable. Sí, Alba le había acariciado con cariño la espalda, y Elke había puesto de vez en cuando la mano sobre sus muslos, más cerca de la rodilla que de la ingle, pero... solo con saber lo cerca que estaba de la mazmorra, y que le estaba vetada hasta que Alba lo decidiera, el deseo y la erección que conllevaba, había sido fulminante. Y a eso había que añadir el beso de bienvenida y el de despedida. Resultado: había quedado el último en el juego, y había necesitado más de media hora para ponerse la jodida jaula, y menos mal que al final se había hecho la luz en su cabeza y había probado a colocársela bajo la ducha de agua fría, si no, aún estaría intentando ponérsela. Estaba claro que su pene iba por libre. En vez de acojonarse cuando sacaba la jaula de la caja, se ponía a mil, complicándolo todo.

Sintió un tirón en los testículos y una punzada de dolor en el glande cuando este se hinchó, chocando con la restricción del rígido plástico. ¡Ya estaba otra vez! En las últimas veinticuatro horas no había conseguido estar tranquilo más de unos pocos minutos. Durante el día, en cuanto se descuidaba se excitaba, con el consiguiente dolor de huevos que parecía no abandonarle nunca, y durante la noche... Durante la noche se despertaba sudoroso, excitado, y con la polla palpitándole mientras intentaba romper la prisión que la confinaba. Y no tendría solución hasta que Alba le volviera a citar en la mazmorra. Estaba deseando que llegara el día, y si sus cálculos no fallaban, no tardaría mucho, seguramente irían a comer al Templo el sábado, y estaba seguro de que Alba aprovecharía la coyuntura.

Llevó la mano hasta su entrepierna, por encima de los calzoncillos, y acarició lentamente la jaula de plástico en la que estaba encerrado su pene. Desde que intentaba, y conseguía, controlar sus orgasmos se sentía más vinculado a Alba y Elke. Lo estaba haciendo solo por ellas. Se encarcelaba la polla por ellas cada noche e ignoraba sus erecciones durante el día por ellas... y ellas eran conscientes de ello, y lo valoraban y premiaban. Se pasaban el día acariciándole, sonriéndole, besándole, mimándole... estaban pendientes de él a todas horas. Y él se sentía la persona más importante del mundo. De hecho, era totalmente consciente de que en realidad lo era.

Entornó los ojos al sentir en la yema de los dedos una humedad que no tendría que estar ahí. Miró hacia abajo. La parte delantera del calzoncillo estaba mojada. Se los quitó y observó detenidamente su sexo. Estaba igual que siempre, todo lo hinchado que le permitía la jaula, con un saludable color carne y sin ninguna rozadura que le molestara —había seguido el consejo de Alba, y cada noche untaba el pene, los testículos y el juguete con aceite para bebés, además de guardar una escrupulosa higiene—. Pero, sin saber el motivo, su polla estaba... goteando. Un líquido denso, transparente y viscoso emanaba gota a gota de su uretra.

Bajó los pies de la mesa, se incorporó y arrancó una hoja de su cuaderno. La colocó bajo su sexo y esperó hasta que cayeron varias gotas en ella. Luego tomó una foto en la que se veía su pene y la hoja manchada bajo este y se la mandó a Alba, explicándole lo que le pasaba. No le dolía ni estaba molesto, o al menos no más molesto de lo habitual, por lo que tampoco estaba asustado, de hecho, estaba seguro de que era algún tipo de efecto secundario debido a la constante excitación sin posibilidad de liberación a la que estaba sometido. Y por eso mismo quería que Alba lo viera, seguro que se sentiría orgullosa de él.

La respuesta de la chica fue instantánea:

¡¡¡Estupendo, maravilloso!!! No te lo quites. Aguanta.
Te esperamos en la mazmorra a las cuatro.
Tendrás tu recompensa.

Zuper leyó el mensaje varias veces por si estaba equivocado. Pero no. ¡Las vería en la mazmorra en menos de siete horas! ¡Y tendría su recompensa!

Alba miró por enésima vez por la ventanilla del copiloto del C4 que Elke conducía. Estaba impaciente por llegar al Templo. No. Impaciente se quedaba corto. Estaba ansiosa, ávida… ¡Desesperada! No veía el momento de bajar a la mazmorra y jugar con Zuper. Puede que él hubiera llevado el cinturón de castidad, pero ellas tampoco se habían permitido ninguna liberación… Alba jamás pedía a sus sumisos nada que no hubiera soportado ella misma. Miró a su novia. La alemana conducía serena, pero la fuerza con la que agarraba el volante indicaba que no estaba tan tranquila como pretendía aparentar. Elke también le había tomado mucho cariño a Zuper, y no solo eso, se ponía igual de cardíaca que ella cuando jugaban con él. El pelirrojo era un cúmulo de sorpresas, a cada cual más agradable. La última, según Elke, su maravilloso manejo de la lengua, ya que, aunque a esta le gustaran las mujeres, tal y como había quedado demostrado la primera vez que llevaron a Zuper al Templo, con los ojos cerrados todas las bocas, manos y lenguas eran iguales. Y ella se lo había pasado pipa con los ojos cerrados mientras Zuper hacía verdaderas virguerías en su sexo. Tanto lo alababa, que Alba estaba impaciente por probar.

Llegaron al Templo poco antes de las cuatro y se apresuraron a entrar. Iban un poco pilladas de tiempo. Atravesaron corriendo el gran salón y se detuvieron estupefactas al ver a Karol y Zuper sentados en la enorme mesa de ébano, observando con atención unas bolsitas con semillas.

—¿Estás seguro de que no olerán? No soporto el olor de las rosas —le preguntaba el polaco en ese momento al pelirrojo.

—Eso me han garantizado.

—¿Cuándo pueden plantarlas?

—Cuando tú digas. Les he advertido de que quieres intimidad absoluta, y que no deben traspasar las puertas de la casa. —Karol asintió conforme.

—Los espero el lunes. Ocúpate de todo, no me apetece que me molesten con tonterías… Y, por supuesto, cóbrate tu comisión.

Zuper asintió con la cabeza esbozando una pícara sonrisa.

—¿Se puede saber para qué narices quieres unas rosas que no huelan? —le preguntó Elke a Karol sin molestarse en saludar a los hombres presentes.

—Cuando conocí a Sofía le prometí plantar un pequeño jardín de flores, dentro de poco será su cumpleaños, y me ha parecido que sería una bonita sorpresa —explicó Karol encogiéndose de hombros—. Pero, como no soporto el olor de las flores, estas tienen que ser un tanto peculiares. Zuper se ha encargado de encontrarlas para mí.

—¿No soportas el olor de las flores? —repitió Alba estupefacta—. ¿Problemas con la nariz?

—No exactamente… más bien problemas con la memoria —replicó Karol sin querer explicarse en detalle. Las flores le recordaban al lugar en el que él y su padre habían discutido por última vez. Y no era un recuerdo agradable—. Zuper, deberías ir bajando a la mazmorra, no querrás llegar tarde a tu cita, ya sabes lo mucho que se enfada tu ama cuando no eres puntual —le advirtió.

Este se puso muy tieso, dio un rápido beso a las chicas y se dirigió a la carrera a la Torre que había en mitad del salón.

—Y vosotras deberíais hacer lo mismo, no es buena idea hacerle esperar justo hoy —les dijo a las dos rubias cuando el pelirrojo desapareció—. Lleva conmigo desde las dos y media, y puedo afirmar sin temor a equivocarme que está mucho más nervioso de lo habitual, como no lo tranquilicéis no os va a durar ni un asalto —comentó divertido.

—Claro… y eso no tiene nada que ver con las ganas que tienes de que nos vayamos sin hacerte preguntas comprometidas sobre por qué tienes problemas con la memoria y las flores —lo desafió Elke cruzándose de brazos. Ya hacía muchos meses que conocía al polaco como para caer en sus truquitos.

—Tú misma lo has dicho, bella dama —convino dándose media vuelta y dirigiéndose a la Torre—. Os estaré vigilando…

—Está claro que la confianza da asco —musitó Alba al comprobar que Karol no se molestaba en buscar alguna excusa para no contarles lo que ahora mismo se morían por saber.

Ambas mujeres se encogieron de hombros y, sin perder un instante más, entraron en una de las habitaciones que se abrían en el salón para cambiarse.

Zuper aguardaba impaciente y nervioso a que la puerta se abriera. Se había desnudado con rapidez nada más entrar y había colocado su ropa con pulcritud en el arcón, no quería enfadar a Alba justo ese día. Luego se había arrodillado en el centro de la mazmorra, y así había permanecido desde entonces. Respetuoso y paciente, con la mirada baja, las piernas separadas y las manos cruzadas tras la nuca mientras, por dentro, el corazón le latía a mil por hora y sus pulmones jadeaban en busca de aire suficiente para respirar. Observó su pene confinado, había dejado de gotear a media mañana, cuando se había sumergido en los trapicheos y había conseguido olvidarse, más o menos, de sus testículos abrazados por el aro de plástico y su polla encerrada en la jaula. Pero en ese momento, con la excitación bullendo veloz por todo su cuerpo, el glande mostraba de nuevo una brillante gotita de líquido denso y transparente. Tragó saliva y abrazó el deseo, hundiéndose en él. Pensó en sus chicas desnudas, acariciándose y acariciándole, dándose placer y dándoselo a él, azotándole el trasero, instándole a que aguantara un poco más... La gotita se convirtió en una gota que cayó al suelo, dando paso a otra. Sonrió. Estaba seguro de que a Alba y Elke les encantaría ver que había manchado el suelo con su deseo.

Alzó la cabeza cuando oyó la puerta de la mazmorra abrirse, y se quedó petrificado ante lo que vio. Las dos iban vestidas de negro: Elke, con una minifalda de cuero que apenas tapaba su culo y un corsé que dejaba sus pechos al descubierto; y Alba, con un ajustadísimo mono de licra de vertiginoso escote, que acababa en unos diminutos *shorts* con una abertura que recorría toda la entrepierna y estaba cerrada con cordones cruzados. Y, ambas mujeres se alzaban sobre unos impresionantes zapatos de charol rojo, con altos tacones de aguja y una leve plataforma. Zuper jadeó mientras observaba a una y a otra, las dos más hermosas que nunca. Las dos más severas que nunca. Las dos, por primera vez, dóminas. Gimió excitado, y su pene, impaciente de por sí, saltó esperanzado intentando traspasar los confines de la jaula. Un leve ramalazo de dolor mezclado con placer le indicó que, por supuesto, se había estrellado contra el rígido plástico sin conseguirlo.

—Has manchado el suelo —dijo Alba acercándose a

él, hasta que las punteras de sus maravillosos zapatos quedaron bajo su enjaulado pene.

Zuper asintió con la cabeza a la vez que una pícara sonrisa se dibujaba en sus labios.

Alba arqueó una ceja.

—No pareces arrepentido de ensuciar el precioso suelo de mi mazmorra —le regañó a la vez que frotaba con la puntera del zapato sus tensos testículos. Zuper jadeó excitado a la vez que negaba con la cabeza—. ¿No? —le reprendió ella. Zuper paró de negar y comenzó a asentir. Estaba tan excitado que no estaba prestando atención a sus preguntas, solo quería que siguiera frotándole los huevos un poco más—. ¿Sí? —inquirió divertida apartándose de él.

Zuper apretó fuerte los labios para no suplicarle que continuara. Aún era demasiado pronto para implorar...

—¿Qué te parece, Elke? Este sumiso rebelde me ha manchado el suelo, y ni siquiera parece arrepentido.

—Deberías castigarle por portarse mal... —aconsejó la alemana acercándose a él para pellizcarle una tetilla y tirar de ella sin compasión.

La cabeza de Zuper cayó hacia atrás y sus caderas se elevaron a la vez que su espalda se arqueaba, tirando con más fuerza de los dedos anclados a su pezón. Desde que había descubierto las pinzas era un adicto a ellas... Pero Alba no se las ponía tanta veces como él deseaba, haciéndole anhelarlas más aún, obligándole a conformarse con los suaves pellizcos.

—¿Qué sugieres que haga con él? —le preguntó Alba a Elke.

—Diez azotes serían bastante adecuados —comentó Elke, soltándole.

Zuper sonrió y se apresuró a inclinarse hacia delante hasta apoyar la cabeza en el suelo a la vez que levantaba el trasero y separaba más las piernas para darles todo el acceso posible. Su apuesta de manchar el parqué las había complacido, y le iban a «castigar» como a él le gustaba.

—¿Tanta prisa tienes, sumiso? —le reprendió Alba con voz severa—. Elke, ¿le he dicho que adoptara esa postura? —preguntó Alba a su amiga. Esta negó con la cabeza, y Zuper tragó saliva al darse cuenta de que se había adelantado a la orden, estaba tan nervioso que apenas si podía pensar con coherencia—. Serán diez azotes con la fusta... y dos más con la pala, como recordatorio de que no debes asumir posturas si no te lo he ordenado.

Zuper abrió los ojos como platos. ¡Dos con la pala! Su trasero se tensó involuntariamente al pensarlo. La pala era más dolorosa que la fusta, y mucho más grande. Su uso le dejaba el culo de un precioso tono encarnado, y aunque el dolor de solo dos azotes se calmaría a los pocos segundos, le dejaría la piel sensibilizada durante bastante tiempo, haciendo que el simple roce de las uñas de Alba le provocara un agudo y doloroso placer. Suspiró encantado. A Alba también le había complacido que adoptara la postura antes de tiempo, porque el castigo no podía ser mejor. Más palazos sería demasiado doloroso, acabaría con el placer, pero dos... dos era el número perfecto. Y, como sucedía con las cosas que más le excitaban, tampoco Alba se lo concedía a menudo. Esa sesión iba a ser muy especial.

—Arrodíllate en la cama y colócate en el extremo de los pies —le ordenó. Zuper se apresuró a obedecer—. Pero... antes de hacerlo, dame la llave del candado —se refería a la llave que abriría la jaula. Zuper se la entregó con premura y Alba se la guardó bajo el mono, sobre uno de sus pechos. Cuando el joven se disponía a dirigirse a la cama, Alba lo volvió a detener—. Déjame ver...

Le acarició con cariño los testículos y luego recorrió con un dedo los límites de la jaula mientras le decía lo hermoso que estaba y lo mucho que la enorgullecía su fortaleza. Zuper sintió que el corazón se le salía del pecho. Lo estuvo mimando durante unos instantes en los que Elke se sumó a los roces y caricias, volviéndole loco entre las dos, hasta que por fin le ordenaron que fuera a la cama.

Alba esperó hasta que él hizo lo que le había ordenado y luego guio sus tobillos hasta que quedaron colocados entre los barrotes que conformaban los pies de la cama, bien separados por supuesto. Le ató las manos a la espalda, palma contra antebrazo, de manera que la parte más sensible y vulnerable de la muñeca quedara protegida, y luego creó un *bondage* en forma de rombo, pasando las cuerdas desde las muñecas al codo izquierdo, de ahí a la garganta, teniendo cuidado de que la cuerda estuviera holgada, y del cuello al codo derecho para luego regresar a las muñecas, donde, tras comprobar que las cuerdas no estuvieran tirantes, hizo una lazada simple que no fuera difícil de desatar. Dado el estado de excitación en el que se encontraban los tres, no creía que fuera a mantenerlo atado mucho tiempo... necesitaría sus manos para asuntos más placenteros. Lo empujó hasta que acomodó la cabeza sobre el colchón, manteniendo el culo bien alto y alejado de los barrotes, y luego se dirigió a la pared y tomó la fusta y una de las palas, la más larga, forrada con suave cuero. Se la tendió a Elke, y ante el pasmo de Zuper le otorgó el privilegio de azotarle.

Elke le dio el primer fustazo y pidió opinión a su compañera, esta le rectificó la fuerza, había sido demasiado suave, y le indicó que fuera variando de zona, intensidad y ritmo. Y mientras Elke lo hacía, Alba se sentó en la cama, deslizó la mano bajo el estómago masculino y comenzó a acariciarle con un dedo la escasa porción de piel del glande que escapaba al confinamiento de la jaula.

Zuper mordió las sábanas para no gritar de placer. Los azotes de Elke eran diferentes a los de Alba, y aunque esta última siempre variaba el ritmo, al cabo de unos cuantos, él conseguía cogerle el truco, al fin y al cabo ya llevaba varios meses disfrutando de sus castigos. Sin embargo, con Elke no sabía a qué atenerse y se estaba volviendo loco de ansiedad sin saber dónde ni cuándo caería el nuevo golpe. Estaba tan excitado y a la vez tan frustrado que le costaba hasta respirar.

Cuando los diez azotes llegaron a su fin, Alba tomó la pala y se posicionó para acabar el castigo. Con el primer palazo Zuper saltó jadeante, el segundo fue recibido con un fuerte gemido. Alba observó satisfecha y excitada las marcas encarnadas que surcaban su trasero, estaba segura de que su chico disfrutaría muchísimo cuando pasara las uñas sobre ellas. Asintió con la cabeza y miró a Elke. Esta le devolvió el gesto antes de dirigirse a las estanterías y tomar algo indispensable para el juego que pensaban llevar a cabo. Luego, ambas mujeres se sentaron en la cama, cada una a un lado del joven pelirrojo, con la espalda apoyada en los barrotes que conformaban el pie de la cama, las piernas extendidas y los tobillos cruzados.

Zuper levantó apenas la cabeza del colchón y observó con ansiedad a sus novias. Parecían tan tranquilas, mientras que él estaba a punto de morir de la agonía.

¿Por qué no le quitaban la jodida jaula y le dejaban masturbarse? Lo necesitaba con una urgencia imposible de soslayar. Le dolían los huevos, el culo, la polla... Gimió extasiado cuando sintió la primera caricia sobre su espalda. Era la mano de Alba. Un instante después se le unió Elke. Ambas mujeres recorrieron su espalda despacio, deteniéndose en cada vértebra, en cada costilla, hasta llegar a donde esta pierde su nombre. Sintió los dedos de Alba anclándose en una de sus nalgas, tirando de ella, separándola. Elke hizo lo mismo con el otro glúteo. Luego derramaron un líquido frío y resbaladizo en el angosto pasillo entre sus nalgas. Lubricante. Se tensó sin poder evitarlo.

—Tranquilo —le calmó Alba acariciándole las piernas con la mano libre—. Te va a encantar, ya lo verás... y si no es así, sabes que con solo decirlo pararemos.

Zuper asintió con la cabeza e inspiró profundamente.

—Muy bien... —le ensalzó ella—. Vuelve a hacerlo. Toma aire lentamente, hasta que no te quepa más en los pulmones, y luego expúlsalo tan despacio como puedas. No dejes de hacerlo, concéntrate en respirar —le indicó ella acariciándole las caderas, la espalda, los brazos.

Y mientras se concentraba en respirar tal como le había ordenado, Elke jugaba con un dedo sobre su fruncido y virgen ano. Presionaba para luego alejarse, trazaba espirales en su trasero que le iban acercando poco a poco hasta el esfínter, y cuando por fin se posaba sobre él, apretaba un poco y desaparecía al instante siguiente. Y Zuper frotaba la frente contra la cama asustado, e impaciente porque le penetrara de una buena vez. Cuando por fin lo hizo, mordió las sábanas con fuerza para no jadear extasiado por el placer que sentía. Estaba seguro de que Elke sacaría el dedo si descubría cuánto le había gustado sentirlo dentro…

Alba sonrió y guiñó un ojo a su amiga. La espalda de su chico estaba tan tensa como la cuerda de un arco y él casi había dejado de respirar. Llevó la mano que tenía libre hasta su polla encerrada y acarició despacio la piel del glande que luchaba por escapar por la diminuta abertura de la jaula. Estaba tan excitado que las gotitas que al principio manaban de su uretra se habían convertido en un pequeño y denso hilo que no paraba de fluir. Y aún fluiría más.

—Muy bien… lo estás haciendo de maravilla —le susurró con cariño—. Ahora, quiero que contraigas y relajes el ano sobre el dedo, para que te vayas adaptando a la invasión… Y, si te olvidas de hacerlo, Elke tiene permiso para castigarte como mejor le parezca —le advirtió con voz inocente.

Zuper se apresuró a obedecer. La ráfaga de placer que le sacudió le dejó sin respiración. No eran solo las sensaciones al apretar el ano contra el dedo, sino también el punto que Elke estaba frotando. Negó con la cabeza a la vez que gemía con fuerza.

—¿Te gusta? —le preguntó Alba acariciándole los testículos. Él asintió jadeante—. Elke te está «ordeñando» la próstata —le explicó—. El punto «P» del hombre viene a ser algo parecido al punto «G» femenino. Ambos pueden procurar un gran placer.

Zuper asintió eufórico con la cabeza.

—Los hombres estáis muy equivocados, pensáis que todo el placer deriva del pene; no es así… y hoy te lo voy a demostrar.

Y Zuper cerró los ojos mientras se lo demostraba. No

cabía duda de que las chicas sabían lo que se hacían. Mientras Elke continuaba taladrándole con el dedo, Alba se dedicaba a acariciarle los testículos y el perineo... y él solo podía sentir. Y jadear. Y gemir. Y llegar al éxtasis... no con orgasmos fálicos como los que siempre había sentido, al fin y al cabo su pene no estaba erecto, la jaula se lo impedía, por lo que la eyaculación estaba descartada. En realidad el éxtasis al que le llevaban era... diferente. Ascendía lentamente de intensidad, y de repente llegaba a su máxima potencia, haciéndole gritar, pero sin llegar a ser tan agudo, tan satisfactorio como una corrida normal. Y cuando acababa, cuando el placer se calmaba, Elke le arañaba el culo, haciéndole jadear e indicándole que no estaba haciendo lo que le habían ordenado, y entonces él fruncía y relajaba el ano de nuevo mientras Elke frotaba ese punto en su recto y Alba continuaba acariciándole los huevos, y todo volvía a empezar.

Alba observó embriagada a su chico. El placer que él sentía la estimulaba a darle más, y también a querer más. Estaba sobrecogida por la fuerza de voluntad que estaba demostrando al no suplicarles que le liberaran de la jaula y le permitieran masturbarse. Era conmovedor y excitante. Apasionante y mágico. No existía otro hombre como él en el mundo. Y era suyo. Y de Elke. Le hizo un gesto a su amiga, y esta liberó el trasero del joven.

—Yérguete —le ordenó.

Él lo hizo, y ella le desató el *bondage* que lo tenía sujeto, luego sacó la llave del candado de su escote y lo liberó de la jaula.

—No puedes tocarte —le advirtió.

—Como desees, dómina.

—Elke no hace más que decirme que tienes una lengua mágica —comentó Alba tumbándose de espaldas frente a él, con las rodillas dobladas y las piernas separadas—. Que tienes un don... Y, sinceramente, ha conseguido intrigarme. ¿Crees que serías capaz de desatarme el mono? —le preguntó, señalando los cordones que mantenían la licra cerrada sobre su sexo.

—Sí, dómina —afirmó Zuper después de tragar saliva.

—Con la lengua —le indicó.

—Por supuesto, dómina.

—Hazlo.

Y lo hizo, vaya si lo hizo. Desató cada lazada usando lengua, labios y dientes, mientras jugueteaba con la punta de la nariz sobre el abultado clítoris que se marcaba bajo la tela. Y cuando esta se separó dejando a la vista el depilado sexo de Alba, esperó inmóvil, desafiando a la joven a que le ordenara lo que realmente deseaba.

—No te quedes ahí parado —jadeó Alba impaciente—. Fóllame con la lengua.

Y Zuper lo hizo, lamió cada brillante gota de excitación femenina, mordió con cuidado los pliegues y repasó cada milímetro de la vulva antes de endurecer y afilar la lengua y penetrar con ella la sabrosa vagina. Frotó con la nariz el tenso clítoris, y cuando la oyó jadear, lo tomó con cuidado entre los dientes y le dio golpecitos con la lengua hasta que el cuerpo femenino tembló ante su ataque.

—Elke... —jadeó Alba aferrando el pelo rojo de Zuper con ambas manos y obligándole a alejarse de su sexo—. Métele dos dedos... Y tú, sumiso perezoso, usa también los dedos —le exigió soltándole de nuevo.

Y Zuper los usó. La penetró con dos dedos a la vez

que Elke le invadía el ano con otros dos. Y mientras la alemana le follaba el culo, volviéndolo loco de placer y deseo, él le hacía el amor con todo su ser a Alba. Lamía, chupaba, penetraba, mordía, succionaba… y cuando esta se arqueaba al borde del orgasmo, se detenía y comenzaba a dar lentas pasadas que la calmaban, para, cuando volvía a estar completamente relajada, arremeter contra su coño con todas las armas a su disposición. No en vano había aprendido de la mejor maestra. Aunque no sabía cuánto tiempo podría continuar, estaba tan sobrecogido porque le permitiera saborear por fin su precioso sexo, que su polla erecta lloraba sin pausa lágrimas de semen mientras sus testículos, tensos y duros, le lanzaban pinchazos de dolor exigiéndole el orgasmo. Un orgasmo que aún no tenía permiso para sentir.

—Está al límite… —le indicó Elke a Alba.

Esta asintió. Ella también había notado los temblores que recorrían el cuerpo del hombre, la manera en que jadeaba con fuerza en busca de aire, y los gemidos entrecortados que escapaban de sus labios y se estrellaban contra sus pliegues vaginales, excitándola más todavía.

—Ordéñale… —le ordenó a Elke—. Y tú, sumiso traidor y rebelde, no puedes correrte hasta que no lo haga yo —le advirtió entre divertida y enfadada. Si seguía jugando con ella la haría suplicar, y no estaba dispuesta a ello.

Zuper sonrió satisfecho, hundió más los dedos que penetraban la vagina de su ama y comenzó a mover la lengua con ímpetu sobre el clítoris. Y mientras lo hacía, Elke le envolvió la polla erecta con la mano libre, y sin dejar de moverse en el interior de su culo comenzó a masturbarle despacio, dándole tiempo a que realizara su cometido antes de dejarse llevar por el placer. Zuper cerró los ojos agradecido, si Elke lo hubiera masturbado con un poco más de fuerza no hubiera aguantado ni un segundo más. La alemana era una mujer maravillosa, una amiga excelente y una novia muy intuitiva.

Poco después Alba gritó su placer mientras se estremecía aferrada al pelo de Zuper. Él continuó lamiéndola, alargando todo lo posible su clímax para demostrarle lo bueno que era para ella, lo mucho que podía darle, y también, lo que se iba a perder si no le volvía a permitir adorar su sexo. Cuando la joven se relajó sobre las sábanas, Elke dejó de contenerse y, aferrándole con fuerza la polla, comenzó a masturbarle con rapidez y pasión. Un instante después también él gritaba su placer mientras eyaculaba como nunca lo había hecho antes, formando un charco de semen sobre las sábanas de seda. Se derrumbó sobre la cama, con la cabeza a la altura de las caderas de Alba, y los pies todavía atados, el pene semierecto y la respiración agitada por los estertores del brutal orgasmo. Cerró los ojos, ahíto de placer, incapaz de sobreponerse a la laxitud que poco a poco invadía su cuerpo.

Elke se levantó de la cama, y mientras sus dos amantes permanecían sobre esta, rendidos y saciados, tomó tres botellas de agua de la nevera y el aceite relajante de la estantería. Les dio de beber antes de hacerlo ella misma, y luego desató los tobillos de Zuper, instándole a que se tumbara cómodamente sobre el colchón. Le limpió los restos de lubricante del trasero con una toallita higiénica, y luego procedió a untarle las muñecas, los codos, los tobillos y el sexo con aceite. Alba la ayudó a hacerlo. Se había recuperado rápidamente, no así Zuper, que permanecía laxo sobre el colchón. Lo que no era extraño. A las casi dos horas que habían estado jugando con él se les habían unido los tres días excitado y sin apenas dormir; el muchacho estaba totalmente derrotado. Lo cuidaron mimosas, y cuando estuvo totalmente ungido, le taparon con una suave manta y se tumbaron junto a él.

Zuper levantó los párpados con extremo esfuerzo, las miró con adoración y, musitando un extasiado «os quiero», se dejó vencer por el cansancio. Lo último que sintió antes de caer en las suaves alas de Morfeo fue cómo las mujeres a las que amaba se tumbaban junto a él y lo abrazaban cariñosas.

Tiempo después, tal vez horas, tal vez minutos, tal vez días, Zuper notó movimientos sobre el colchón, oyó gemidos femeninos y, por último, como una mano le acariciaba la pierna. Abrió los ojos casi con pereza y observó a las chicas que retozaban justo a su lado. Elke, se había puesto el *strap-on* y penetraba lentamente a Alba. Las caras de ambas daban fe de lo mucho que disfrutaban de ese juguete. Y bien que lo sabía él. Las había visto jugar con él en varias ocasiones, y sabía que el que usaba Elke tenía dos vibradores. Uno de ellos se alzaba imponente sobre el triángulo que cubría el vientre de la alemana, y era con el que penetraba a Alba. El otro nacía en el interior del arnés, en su mismo centro, e invadía la vagina de Elke.

—¿Ya estás despierto? —le preguntó Alba. Era su mano la que le acariciaba. Zuper asintió—. ¿Te apetece un poco de sexo? —Él volvió a asentir—. Bésanos y después… improvisa. Lo único que te está vetado es penetrarnos. Ese privilegio aún no te lo has ganado.

Y Zuper improvisó…

Y

Karol tomó el pañuelo rojo de seda salvaje impregnado en Chanel N.º 5, se lo llevó a la nariz e inhaló profundamente. Había gozado de un maravilloso orgasmo propiciado por la erótica escena con la que le habían deleitado sus amigos y, ahora que su deseo estaba saciado y calmado, necesitaba alejarse un poco de los excitantes efluvios que aún moraban en la mazmorra para centrar toda su atención en algo que le había intrigado. Se levantó del diván en el que estaba tumbado e, ignorando el semen que se esparcía por su vientre, se puso de nuevo el pantalón de raso rojo que usaba a modo de pijama. Se acercó hasta la pared de espejos y, tras taparse el ojo derecho con la mano para que su pupila defectuosa no le hiciera marearse al mirar fijamente algo en la distancia, entrecerró el izquierdo para observar el nuevo juguete de Zuper. Estaba al otro extremo de la mazmorra y, además de no ser muy grande, el plástico transparente lo hacía casi invisible. Lo había visto cuando Zuper estaba arrodillado en el centro de la estancia, y ya entonces se había sentido intrigado. Y, al percatarse de cuál era exactamente su función, la intriga había dado paso al deseo. No un deseo sexual, sino una necesidad casi compulsiva. Con ese juguete podría recuperar el control de sus erecciones nocturnas, quitándole poder a la ladrona que invadía sus sueños noche tras noche. Podría dormir de un tirón sin temor a despertarse a media noche con la polla dura como una piedra y masturbándose por culpa de sueños en los que la ladrona era la única protagonista. Podría despertar cada mañana con la seguridad de que su subversivo pene estaba a buen recaudo, flácido y domado, hasta que él decidiera liberarlo. Sería doloroso, sí, estaba seguro. Su verga intentaría rebelarse contra la prisión de plástico, pero el dolor nunca le había asustado, mientras que el deseo inesperado y el placer no buscado e imposible de ignorar le daban verdadero pánico.

Asintió con la cabeza, decidido. Conseguiría un cinturón de castidad, y lo usaría cada noche. No iba a permitir que ella dominara sus sueños si tenía al alcance de la mano los medios para evitarlo.

Se apartó de la pared de espejos y en ese preciso momento se dio cuenta de que volvía a estar excitado. Mucho. Su polla empujaba y palpitaba contra el raso de los pantalones, y cada roce del glande con la tela mandaba señales inequívocas a su lascivo cerebro, instándole a tomar la verga entre sus dedos y frotarla y acariciarla hasta calmarla. Y la excitación que sentía no se debía a que había estado pensando en su ladrona, que también, sino a la pasión erótica que de nuevo flotaba en el aire. Dirigió la mirada hacia la cama y observó complacido que las chicas estaban jugando con el *strap-on* mientras Zuper, despierto de nuevo, las acariciaba y besaba. Sonrió. Sus jóvenes amigos eran insaciables. Se llevó la mano a la entrepierna, y en ese preciso instante el olor que invadía su nariz cambió. Excitación, deseo, pasión... y algo más. Estrechó los ojos para poder ver mejor la expresión que mostraban las caras de sus amigos y el mareo que sintió le hizo trastabillar. Gruñó enfadado por haber sido tan descuidado y se apresuró a taparse el ojo derecho con la palma de la mano. Volvió a mirar y la desesperación deformó sus rasgos. En el rostro de las chicas y de Zuper se reflejaba con exacta precisión el amor que sentían, el amor que se dedicaban, el amor que rugía glorioso en los corazones de los tres.

Cerró los ojos, enfadado por ser tan estúpido, y sin

demorarse un segundo más abandonó con presurosa rapidez la sala privada sin molestarse en volver a activar la alarma. Entró en el salón casi a la carrera, se dirigió sin dudarlo al mueble bar y se sirvió un generoso vaso de Żubrówka que se bebió de un solo trago. Se sirvió otro y se sentó en el sillón rojo mientras pensaba en la estupidez supina que guiaba los actos de los humanos. Sobre todo los suyos.

Conocía los sentimientos de sus amigos, de hecho, esos sentimientos eran el requisito imprescindible para tener acceso a un reducto privado en su Torre. Ya fuera un santuario lleno de estatuas, como era el caso de Eberhard y Sofía; o una mazmorra en la que jugar, como pasaba con Alba, Elke, y, ahora, Zuper.

Karol había pasado toda su vida deseando, y rezando, por tener algo parecido a lo que ellos tenían. No el deseo físico y sexual que estaba al alcance de cualquiera, sino el amor que iba más allá del propio cuerpo. El que se apoderaba de los corazones y emanaba de las almas. Amor en forma de amistad pura y desinteresada. Amor en forma de cariño y apoyo filial. Amor, en definitiva, en cualquiera de sus acepciones. Sus padres, sus conocidos, el entorno en el que se había desarrollado toda su vida le habían enseñado que sus sueños eran meras quimeras. Que los amigos se compran y el amor se vende. Que todo está al alcance del mejor postor. Y él lo había aceptado como verdad irrevocable… hasta que Tuomas se introdujo en su vida y se proclamó su amigo. Y había creído sus palabras. Había confiado en él, y él le había traicionado de la peor manera posible.

Mirándolo en retrospectiva, la traición de Tuomas era una de las pocas cosas buenas que le habían pasado, ya que le había permitido escapar de la red de mentiras en la que estaba inmerso y alejarse de todo lo que le envenenaba el alma. A cambio de un precio, por supuesto. Todo tenía un precio, y siempre había que pagarlo, pensó acariciándose el párpado de su ojo derecho.

Había escapado de su familia, de su país, del mundo en el que había vivido siempre decidido a no regresar jamás. Y había pasado dos años deambulando sin rumbo, determinado a mantenerse convenientemente alejado de todo sentimiento inútil y traicionero, de todo amor quimérico e irreal... Hasta que conoció a Eberhard y su determinación se evaporó. El alemán amaba a su esposa más allá de cualquier límite, y Karol le admiraba por ello. También le envidiaba. Eber se había convertido en su primer amigo verdadero, y gracias a él había conocido a Sofía, Alba y Elke, y ahora también a Zuper. Y creía en ellos. Confiaba en ellos. Y Karol no era de los que depositara su confianza sin meditarlo mucho. Había aprendido por las malas a no hacerlo. Les había construido «santuarios», habitaciones especiales en las que hacer realidad sus fantasías. Y sus amigos disfrutaban de los santuarios en la misma medida que él... O, al menos, esa era la intención.

Porque la realidad era que Karol no podía evitar desear lo que ellos tenían. Y eso era buena prueba de lo estúpido que era.

Dejó el vaso sobre la mesa con un fuerte golpe y se frotó las sienes con ambas manos. Disfrutaba observándoles, oliendo los aromas que emanaban de ellos mientras hacían el amor, pero... cuando todo terminaba y la pasión daba paso a la complicidad, al cariño, al amor, él volvía a ser consciente de todo lo que ellos tenían. De todo lo que él no tenía.

Envidiaba las miradas que se dedicaban, las caricias perezosas que seguían al orgasmo, los arrumacos cariñosos que eran más preciados que el simple éxtasis.

Negó con la cabeza a la vez que tomaba una decisión. Les observaría follar, y, antes de que la pasión rendida diera paso a las caricias de amor, abandonaría la sala desde la que les miraba. No necesitaba más para obtener su propio orgasmo, y era absurdo que se torturara viendo lo que ellos tenían, y lo que él nunca se permitiría tener.

Más tranquilo tras la decisión tomada, abandonó el salón y subió a sus habitaciones en la Torre para ducharse. Eran su refugio privado, un lugar al que ni siquiera sus amigos tenían acceso. El único rincón en el mundo en el que se sentía por completo seguro. Se duchó sin prisas y, todavía desnudo, abrió cada una de las ventanas de la estancia y se situó en el lugar en que la brisa que entraba por estas confluía. Inhaló las esencias del aire y de la tierra, hasta que se sintió de nuevo el mismo Karol de siempre. Se vistió con unos pantalones de pijama de raso rojo, idénticos a todos los que tenía y abandonó su refugio. En el mismo momento en que penetró en el salón, el móvil comenzó a sonar.

—Sapkowski —respondió.

Al instante siguiente frunció el ceño a la vez que negaba con la cabeza y expresaba en voz alta, y en polaco, su negativa a lo que fuera que le ofrecían. Conversó largo rato, negando y despotricando al principio para acabar entornando los párpados y, tras un momento quizá demasiado extenso para llamarlo así, acabó claudicando con una amarga sonrisa en los labios.

Cuando tiempo después Zuper, Alba y Elke entraron en el salón, se encontraron a Karol sentado en el sillón rojo y el vaso de vodka olvidado sobre la mesa. Parecía dormido. Tenía los ojos cerrados, las manos relajadas sobre los reposabrazos y las piernas estiradas y cruzadas a la altura de los tobillos. Se acomodaron en silencio en los sofás que había frente a él para no despertarle y le miraron extrañados. Su amigo no tenía por costumbre relajarse hasta el punto de quedarse dormido.

Karol abrió de repente los ojos y los centró en ellos a la vez que las comisuras de sus labios ascendían en una astuta sonrisa, demostrándoles lo mucho que se habían equivocado. No estaba durmiendo. Estaba pensando... y a tenor de su mirada, lo que fuera que tuviera en mente no era en absoluto inocente.

—Zuper —dijo, centrando su mirada en el pelirrojo. Este se irguió al instante y le prestó toda su atención—. Quiero un juguete como el que has usado en la mazmorra. Un cinturón de castidad. Consíguemelo. Mañana tendrás una tarjeta adscrita a una cuenta bancaria a tu nombre de la que podrás sacar lo que necesites.

—Eh... Sí, claro. Sin problemas, el viernes lo tendrás —musitó el joven parpadeando algo avergonzado, y también bastante excitado, al comprobar que les había estado mirando. Y no solo eso. Era gratificante saber que Karol sentía en cierto modo envidia de sus juguetes.

—No lo quiero el viernes, lo quiero mañana —replicó Karol—. Si piensas que no lo vas a tener...

—Sí, no te preocupes. Mañana —aseveró Zuper, sorprendido por el tono imperativo del polaco. Se estaba comportando como un jefe... y en realidad lo era. Al menos a ese acuerdo habían llegado. Karol le pediría cosas y Zuper tenía que conseguírselas sin molestarle con menudencias.

—Perfecto. —Karol dirigió la mirada a las chicas—. La peluquería a la que voy, la que me recomendasteis… ¿Sabéis si hacen extensiones?

—¿Extensiones? Pero si tú ya tienes el pelo largo —murmuró Elke sorprendida por la pregunta.

—Quiero algunos mechones largos hasta la mitad de la espalda, de pelo natural, y de distintos colores. Y no quiero extensiones de esas que se pegan, las quiero cosidas al pelo —explicó.

—Bueno… no creo que tengan eso, es una peluquería de barrio —comentó Alba.

—Zuper. —Karol dirigió de nuevo la mirada al pelirrojo.

—Tomo nota, jefe —comentó este apuntándolo todo en un pequeño cuaderno que siempre llevaba encima.

Karol enarcó una ceja ante la respuesta de Zuper y a la postre acabó por sonreír divertido. El pelirrojo iba a ser el empleado más descarado que había tenido nunca… y, si no se había equivocado, también el más eficiente.

—Busca también un restaurante japonés que tenga servicio de catering y *nyotaimori*. Y Zuper, quiero la excelencia, no te conformes con un restaurante que no sea el mejor.

—Muy bien, de acuerdo. Pero… ¿qué es *nytairimi*? —preguntó perplejo. Que él supiera en los japoneses se comía *sushi*, *sashimi*, *tempura* y cosas de esas, era la primera vez que oía hablar del nyta-lo-que-fuera.

—*Nyotaimori* —le corrigió Karol—. Es utilizar el cuerpo desnudo de una mujer a modo de plato. Se coloca, por ejemplo, el *sashimi* sobre su piel, y este adquiere la temperatura corporal, tornándose aún más delicioso.

—Y más excitante… —comentó Zuper con los ojos

abiertos como platos. ¿Dónde narices iba a encontrar él un restaurante que hiciera esas cosas?

—¿Qué estás planeando? —indagó Alba intrigada.

—Una cena.

—¿Una simple cena? ¿Y ya está? ¿Vas a montar un *nyotaimori* en el Templo por capricho? —replicó Elke suspicaz—. No te creo, Karol. Algo estás tramando.

Karol entornó los ojos durante un instante antes de hablar.

—Un conocido está empeñado en hacerme una visita de… negocios. Y me gustaría dedicarle las mismas atenciones que él me dedicó en su día —explicó *grosso modo*.

—Tuomas… —susurró Alba. Karol asintió con la cabeza—. Y, qué te parece si en vez de *nyotaimori* le sorprendes con un *nantaimori* muy especial… —sugirió ella señalando a Zuper con la mirada.

—¿Cómo se escribe eso que has dicho? —preguntó este, ajeno a la mirada taimada de Alba, ya que estaba totalmente absorto en apuntar todas las cosas que le estaban pidiendo. Si querían que les consiguiera cosas raras, ¡por lo menos podrían deletreárselas!

—¿Zuper? —Karol miró detenidamente al joven. Este levantó la cabeza.

—¿Por qué me estáis mirando así? —preguntó desconfiado.

—¿Por qué no? Haría el *nantaimori* más personal, más íntimo. Además, confías en él, es tu amigo… qué mejor bofetada para Tuomas que esa.

—¿Crees que sabrá hacerlo? —Karol recorrió con la mirada al pelirrojo, examinándolo.

—¿Que sabré hacer qué? —musitó este con voz aguda. ¿De qué narices estaban hablando ahora?

—No ha fallado ninguno de los retos que le he planteado, es más, los ha superado con creces, sorprendiéndonos —respondió Elke la pregunta.

—¿Alguien me quiere explicar de qué narices va el tema? —reclamó Zuper enfadado. Era la parte central de una trama que no conocía. Y eso no estaba nada bien.

—Zuper, tengo una propuesta que hacerte... —comenzó a decir Karol.

Sorpresas inesperadas

Jueves, 3 de junio de 2010

—*T*e juro que no sé cómo las tías pueden soportar depilarse —murmuró Zuper mientras revisaba su cuerpo desnudo en el espejo—. ¿Me he dejado algún pelo?

Karol enarcó una ceja y negó con la cabeza. El pelirrojo llevaba una hora en el baño, pasándose la maquinilla de afeitar por todo el cuerpo. Había sido imposible convencerle para que fuera al salón de belleza y le depilaran. También se había negado a que Alba y Elke le ayudaran. «¡Por supuesto que no! ¿Cómo voy a seducirlas si antes me han visto con todo el cuerpo lleno de espuma de afeitar? ¡Le quitaría todo el glamour al asunto!». Por lo que le había tocado a Karol hacer de comparsa.

—Sabes eso que dicen de que las mujeres son el sexo débil —comentó Zuper inclinándose sobre el espejo para revisar con atención su abdomen en busca de algún pelo perdido. Karol asintió con la cabeza—. ¡Pues es mentira! No son el sexo débil, son el sexo fuerte. Pero nos quieren hacer creer lo contrario. Antes pensaba que lo hacían para no dañar nuestro frágil ego masculino. Ya sabes, el hombre es el más fuerte físicamente, el que trae dinero a casa y todas esas chorradas —explicó tomando la maquinilla y dándose una nueva pasada en la barriga. Había encontrado un pelo traidor—. Pero ahora estoy seguro de que el motivo por el que nos dejan creer que somos el sexo fuerte es otro —musitó girándose hacia Karol a la vez que alzaba varias veces las cejas.

Karol apretó los dientes para no echarse a reír a carcajadas. Cuando el pelirrojo estaba nervioso, y en ese momento lo estaba, y mucho, comenzaba a parlotear sin parar, y casi siempre sobre variopintas teorías de la conspiración, a cada cual más descabellada. Aunque en muchas de las ocasiones debía reconocer que tenía toda la santa razón. Esta ocasión era una de esas.

—Y el motivo es… —inquirió Karol a la vez que le quitaba la maquinilla de las manos y le daba un repaso a la zona posterior de uno de sus muslos. Acababa de verle un pelito.

—Que quieren que nos confiemos para ir dominando poco a poco el mundo, y cuando menos nos lo esperemos, ¡zas!, hacer con nosotros lo que quieran.

Karol entornó los ojos, pensativo.

—Ya hacen con nosotros lo que quieren.

—Sí, también —convino Zuper a la vez que con otra maquinilla se repasaba el torso, una zona de su cuerpo en la que jamás había tenido vello pero… mejor prevenir que curar—. Pero lo hacen con disimulo, sin que nos demos cuenta. Dentro de poco dejarán la diplomacia de lado y nos daremos cuenta de que realmente hacen lo que quieren con nosotros. Y, aun así, caeremos rendidos a sus pies.

—La mayoría de los hombres ya están rendidos a sus pies —replicó Karol divertido.

—Sí. —Zuper frunció el ceño mientras recorría con

las yemas de los dedos su pubis, para comprobar que seguía perfecto tras la depilación láser de hacía tres semanas—. Todos menos tú, que te mantienes firme en tu celibato autoimpuesto. —Se giró para mirar a su amigo—. Cuando caigas, el batacazo va a ser tremendo —le avisó.

—No pienso caer.

—Lo harás —aseveró Zuper esbozando una sonrisa—. Bueno, yo creo que ya estoy listo —comentó girando sobre sus pies para que Karol le diera el visto bueno.

—Tu piel está libre de toda mácula —afirmó este antes de abandonar el cuarto de baño.

Zuper sonrió orgulloso y se metió en la ducha por enésima vez en ese día. Tomó el jabón neutro e inodoro con el que debía lavarse y comenzó a restregar cada centímetro de su piel. Las chicas esperaban que estuviera perfecto esa noche, y no pensaba decepcionarlas.

Cuando le habían contado que el *nantaimori* era la versión masculina del *nyotaimori*, es decir, usar como bandeja el cuerpo desnudo de un hombre, no le había parecido tan complicado como realmente era. No había caído en que iba a tener que depilarse por completo para evitar posibles pelos en los alimentos, ni que iba a tener que lavarse con un jabón neutro y sin olor para no contaminar el aroma de la comida, y que además, tenía que ducharse justo antes de la cena con agua fría para bajar un poco la temperatura de su cuerpo y que esta fuera la apropiada para potenciar el sabor del *sashimi*. Y a eso había que añadir que debería permanecer al menos un par de horas desnudo e inmóvil sobre la mesa mientras los demás comían de su cuerpo. Una punzada de deseo le recorrió, instalándose en su ingle. Y eso no podía ser. Alba le había prohibido masturbarse durante todo el día.

—¿Qué voy a hacer contigo? —preguntó con un suspiro a su rebelde pene.

Era pensar en la cena que tendría lugar en apenas cinco horas y excitarse sin remisión. No podía evitarlo. Y no solo eso, estaba tan nervioso que acabaría moviéndose y derramando el *sashimi*, o… ¡derramándose él, lo cual sería todavía peor!

Inspiró profundamente y bajó la temperatura de la ducha para ver si así conseguía relajarse un poco. Dejó que las tibias gotas recorrieran su cuerpo y, cuando se sintió lo suficientemente relajado, tomó la bolsa de aseo que Alba le había dado antes de dejarle en el baño con Karol. Le había dicho que no la abriera hasta haber acabado con los preparativos y que le ayudaría a tranquilizarse. Descorrió con dedos trémulos la cremallera y cuando vio lo que contenía estuvo a punto de caérsele de las manos.

«¡Cómo iba a tranquilizarse con eso! Al contrario, ¡le excitaría todavía más!»

Suspiró y, sin darse tiempo a pensar, tomó el *plug* anal de la bolsa y lo untó con el lubricante que había junto a él. Luego separó las piernas doblando ligeramente las rodillas y comenzó a masajearse el ano con la punta del juguete hasta que este penetró en el recto. Cerró los ojos y se mantuvo inmóvil un instante, disfrutando de la sensación de tener solo la punta en su interior, después inspiró profundamente y ejerciendo una suave presión lo introdujo con cuidada lentitud en su interior. Cuando el aro del mango quedó encajado entre sus nalgas se enderezó y comenzó a contraer y relajar el esfínter. El placer fue instantáneo y, tan potente, que le obligó a apoyarse en la pared de la ducha para no perder el equilibrio mientras luchaba para no usar la mano libre en su polla y masturbarse frenético hasta correrse. Pero le había prometido a Alba no hacerlo. Y él siempre cumplía sus promesas. Cerró por completo el agua caliente, consiguiendo de este modo quedar bajo una lluvia helada. Se obligó a respirar despacio para relajarse, algo que esa noche parecía casi imposible, y cuando se acostumbró a sentir e ignorar el juguete que masajeaba su recto, salió del amplio cubículo.

Se detuvo frente al espejo y observó su reflejo en él. Todo su cuerpo brillaba húmedo y su pene erecto se mecía impaciente en el aire. ¡Ojalá Alba le hubiera permitido usar la jaula para contenerlo! Sonrió. Le había cogido el gustillo a tener encarcelada la verga. Le gustaba no poder empalmarse por mucho que lo deseara. Cuando llevaba puesta la jaula, sus chicas le mandaban mensajitos subidos de tono que él respondía enviándoles fotos de su polla brillante por las gotitas de semen que emanaban de ella. Y luego, cuando por fin se encontraban en la playa, en la discoteca o en alguna actuación ellas le saludaban mimosas, excitándole sin remisión mientras que su falo intentaba escapar de los confines de la jaula. Y él solo podía mirarlas y sentir sus caricias, sus besos, su olor, su presencia y saber que hasta que ellas no lo decidieran tendría que seguir soportando la placentera tortura. ¡No había nada mejor! Y Alba lo sabía. Y por eso no le permitía usarla tanto como lo deseaba. Era un ama cruel… ¡y maravillosa!

Inspiró profundamente y sintió el *plug* moverse en su interior, acariciar ese punto que le volvía loco. Sí, también le había cogido el gustillo a eso. Alba le había enseñado a combinar el placer anal con la jaula, y era una experiencia totalmente arrebatadora. Excitarse con el *plug* mientras a su polla se le negaba cualquier alivio… era impactante. Ojalá fueran un poco más lejos. Por ahora solo le había permitido usar dilatadores anales, pero estaba deseando que llegara el día en el que Elke jugara con él con su *strap-on*…

Sacudió la cabeza, decidido a dejar de perder el tiempo con ensoñaciones y dedicarse a lo que realmente importaba, la cena de esa noche. Y en cuanto pensó en ello, su corazón se aceleró hasta que casi temió que se le saliera por la garganta. ¡Debía tranquilizarse! Y tenía que hacerlo ¡Ya! Pero no podía… y la iba a fastidiar de mala manera, lo estaba viendo. Se movería, temblaría, tosería, o peor todavía, se olvidaría de que no debía hablar y se pondría a parlotear. ¡Haría el más horrible de los ridículos! Y le daba lo mismo que Alba y Elke no pararan de decirle que no se lo tomara tan a pecho, que la erótica velada solo era de prueba para ver qué tal se le daba, que solo iban a asistir ellas y sus amigos: Karol, Eber y Sofía, que no tenía que demostrar nada, pues no celebrarían la cena oficial con Tuomas hasta una semana después. Se ponía cardíaco solo de pensar en que iban a tocarle con los palillos, a admirarle… El fracaso no entraba en su vocabulario. O lo hacía bien o no lo hacía. Y además, por mucho que Alba le dijera que esa velada no era importante, que iban a estar en familia, él sabía que no era así. Ella se había tomado muchísimas molestias en hacerle sentir especial.

Le había comprado un tanga de cuero de privación de placer que le impediría tener una erección completa. Y lo iba a estrenar esa noche, aunque nadie lo vería. Estaría oculto bajo las hojas de platanero entrelazadas que taparían su pubis y sobre las que colocarían *nigiri*[6] de salmón. Y no solo era eso, también había preparado un suave *bon-*

---

6. Albóndigas de arroz cubiertas con pescado crudo.

dage que le mantendría las piernas y las manos inmóviles... Y era tan alucinante que estaba deseando que le atara.

Cerró los ojos, se llevó la palma de la mano al pecho, justo sobre el corazón y se dio un leve masaje, intentando tranquilizar sus latidos acelerados. Era su responsabilidad que todo saliera perfecto. Y no iba a fastidiarla.

—Ya podéis tranquilizarle o le dará un ataque antes de la cena —advirtió Karol a sus amigas.

Estaba en el salón, con Alba y Elke, que estaban probándose los modelitos que llevarían durante la cena... Y como se pusieran lo que en ese momento llevaban, Zuper sufriría una apoplejía. Seguro. Ningún hombre enamorado podría resistir ver a sus novias tan hermosas y provocativas sin sufrir una erección fulminante... y eso era lo último que le hacía falta al pelirrojo, tener un nuevo motivo para ponerse todavía más nervioso.

—No te preocupes por eso, Karol. Cuando empiece la cena, Zuper va a estar tan extenuado que no podrá ponerse nervioso por mucho que lo intente —replicó Alba esbozando una taimada sonrisa.

Karol arqueó una ceja y observó con atención a ambas mujeres. No cabía duda de que algo se traían entre manos.

—¿Qué tenéis pensado? —preguntó con curiosidad.

—Vamos a darle su... premio, antes de la cena.

—¿Antes? Pensaba que las recompensas se daban después de ganar los retos...

—Zuper ya ha ganado el reto... —murmuró Elke centrando la mirada en la puerta cerrada del cuarto de baño—. Da lo mismo lo que suceda a partir de ahora. Se ha atrevido a intentarlo y está decidido a hacerlo bien, y eso es más que suficiente para proclamarlo vencedor.

Karol sonrió ante las palabras de la alemana. No cabía duda de que las chicas estaban localmente enamoradas del pelirrojo, tanto o más que él de ellas.

—Dile que venga a la mazmorra cuando salga —le pidió Alba dirigiéndose a la Torre seguida de Elke.

—Si es que sale —apuntó Karol divertido.

—Lo hará —aseveró Alba fijando su mirada en el polaco—. Baja también tú —le indicó antes de entrar en la Torre.

Zuper entró en la mazmorra apenas media hora después de que lo hicieran Alba y Elke. Y seguía igual de nervioso que antes de ducharse, o tal vez más. Observó a sus chicas, estaban sentadas en el sofá de cuero que había en un extremo de la sala, vestidas con albornoces blancos, tan hermosas que dolía mirarlas.

Se quitó la toalla que cubría sus caderas y se arrodilló en mitad de la estancia, como siempre hacía, dispuesto a esperar el tiempo que Alba considerara necesario, aunque no pudo evitar mirar a su derecha, echando de menos a Elke. Era extraño estar allí arrodillado sin la alemana a su lado.

—Zuper, ven aquí con nosotras —le llamó Alba. Él se apresuró a obedecer, colocándose ante ellas con la espalda erguida, las piernas separadas y las manos cruzadas tras la nuca—. No, no me has entendido —le reprendió con cariño—. Me refiero a que te sientes aquí. —Posó la mano sobre el sofá, en el hueco que había entre ella y Elke—. Con nosotras… Vamos a hablar un ratito.

Zuper asintió con la cabeza, algo decepcionado.

Cuando Karol le había dicho que le esperaban en la mazmorra había pensado que sería para jugar... no para hablar. Aunque pensándolo detenidamente, prefería hablar en ese momento. Solo ellas podrían tranquilizarle. Y lo necesitaba desesperadamente. Se sentó entre las dos mujeres y en ese mismo instante ellas se inclinaron hacia él y le envolvieron en sus brazos para luego besarle. Sí. No había nada mejor en el mundo que estar a su lado.

—¿Cómo te sientes? —le preguntó Alba tras darle un cariñoso beso en la sien.

—Fatal... la voy a cagar —susurró negando con la cabeza—. Estoy seguro. Mírame, estoy hecho un flan, no paro de temblar, y encima estoy empalmado como un semental —dijo extendiendo las manos ante sí. Y era verdad que estas temblaban nerviosas—. No consigo controlarme. Con solo imaginarme tumbado sobre la mesa... ¡Zas! —exclamó dando una palmada y elevando las manos al cielo—. Voy a correrme en mitad de la cena, lo sé... el tanga no va a impedirlo. Por favor... —suplicó— déjame usar la jaula. Con ella no hay posibilidad de que me empalme, y por tanto no podré correrme.

—Ya hemos hablado de eso, Zuper. No puedes usarla. Vas a tener las piernas muy juntas debido al *bondage*, y si la llevas, el aro de los testículos se te va a clavar en el interior de los muslos, presionándolos más todavía.

—¡Me da lo mismo!

—Pero a mí no —replicó ella con severidad—. No voy a permitir que estés más incómodo de lo necesario.

—Prefiero estar incómodo que meter la pata —musitó apoyando los codos en las rodillas y dejando caer la cabeza.

—No vas a meter la pata.

—Sí. Sí lo haré… me moveré, temblaré, hablaré…

—No. No lo harás. Y no quiero que vuelvas a decirlo —le advirtió. Él abrió la boca, pero Alba le calló con un beso.

Elke se inclinó para besarle el vientre y así ocultar la sonrisa divertida que amenazaba con escapar de sus labios. ¿Quién hubiera pensado que Zuper fuera tan responsable? Cuando lo habían conocido hacía menos de un año habían pensado que era un payaso irresponsable y con poco cerebro. Y no podían haberse equivocado más. Sí, era un payaso, o al menos eso quería que todos creyeran. Pero, en contra de todo pronóstico, era un hombre muy inteligente que se tomaba muy en serio aquello que le importaba. Y ellas le importaban. Y mucho.

Zuper cerró los ojos y gimió al sentir los labios de sus chicas sobre su cuerpo, tranquilizándole con suaves besos y sutiles caricias.

—¿Mejor? —susurró Alba antes de aferrar con los dientes el pendiente de oro en forma de aro que colgaba de su oreja derecha, y que indicaba que era su sumiso.

—Sí —musitó él mirándola con adoración.

—¡Estupendo! —exclamó levantándose—. Tienes que darnos tu opinión…

—¿Sobre qué?

—Sobre lo que llevaremos esta noche —le aclaró Elke colocándose de pie junto a Alba, frente a él.

Ambas mujeres se libraron a la vez de los albornoces que cubrían su cuerpo… y Zuper no pudo evitar jadear excitado.

—¡Estáis tan hermosas que no puedo respirar! —exclamó reverente.

Elke llevaba puesto un ajustadísimo vestido, si es que

se le podía llamar así, que constaba de un rectángulo de cuero que apenas cubría su sexo y que al llegar a la cintura se dividía en dos tiras que ascendían por su pecho cubriendo parte de sus impresionantes senos, una parte muy pequeña, para acabar atadas a su nuca. Del rectángulo de cuero que cubría su pubis salían delgadas correas del mismo material que rodeaban sus caderas y se ataban al otro extremo del rectángulo, inmovilizándolo... y dejando al descubierto su perfecto culo.

Alba por su parte se había vestido con un ceñido corsé de cuero rojo que moría poco después de cubrir sus pezones, y que ensalzaba y levantaba sus maravillosos pechos. El corsé terminaba en una escueta minifalda tableada que apenas le llegaba a los muslos. Bailó para él, permitiendo que la falda se elevara, dejándole ver el diminuto tanga transparente que cubría su pubis depilado.

—Joder... —gimió Zuper. Su erección estaba más dura que nunca. Cruzó las manos tras la nuca, en un gesto involuntario que hablaba del sumiso que había en él, e inhaló despacio para luego retener el aire en sus pulmones, en un intento por calmarse. ¡Lo último que necesitaban sus nervios era ver a sus novias vestidas como diosas de la lujuria!

—Zuper. —Sintió el cálido aliento de Alba en su oreja, había vuelto a sentarse junto a él—. Abre los ojos, respira. Muy bien. Inspira... ahora suelta el aire muy despacio —le indicó mientras le acariciaba el estómago con las yemas de los dedos—. ¿Mejor? —le preguntó con ternura.

—No... —suspiró él echando la cabeza hacia atrás sin retirar las manos de la nuca—. Estoy tan excitado que con un solo roce me voy a correr... y estoy seguro de que aunque me masturbara hasta vaciarme antes de la cena, en el momento en que me ates y todos me miren, me voy a volver a empalmar, y acabaré corriéndome... Voy a hacer el ridículo.

—No. No lo harás. No está en tu naturaleza fallar en los retos. Y no se te ocurra poner en duda lo que te digo. Soy tu ama y sé muy bien cómo eres —le advirtió con severidad. Zuper esbozó una trémula sonrisa—. Además... Elke y yo tenemos algo planeado.

Zuper abrió mucho los ojos y buscó con la mirada a la alemana. Estaba de pie, junto a las estanterías que había junto a la cruz de San Andrés, y se había quitado el vestido...

—Mírame a mí —le exigió Alba. Él lo hizo sin dudar—. Me gusta mucho cuando cruzas las manos en tu nuca sin darte cuenta —murmuró mordiéndole el labio inferior para tirar de él.

Zuper abrió la boca, pero mantuvo la lengua quieta hasta que Alba la acarició con la suya, dándole permiso para responder al beso. Un beso que no fue exigente ni salvaje, sino apasionado y sincero. Un beso que le dejó sediento y calmado. Excitado y laxo.

—Apoya los hombros en el respaldo y recuéstate hasta dejar el culo al borde del asiento —le ordenó Alba. Él obedeció sin apartar la mirada de su precioso rostro—. Vamos a tranquilizarte un poco... —afirmó con dulzura no exenta de dureza—. Te has esforzado mucho, y has llegado más lejos de lo que jamás hubiera creído posible. Nos tienes fascinadas —reconoció—. Jamás hemos tenido un sumiso tan especial y maravilloso como tú, te deseamos a ti... —afirmó—. Te queremos.

Zuper sintió como los ojos se le llenaban de lágrimas al escucharla. Desde el principio le habían advertido de que tendría que ganarse su puesto como único sumiso varón. Y parecía que había ganado mucho más que eso: sus corazones.

—Te vamos a demostrar cuánto te deseamos. —Alba esbozó una pícara sonrisa y dirigió la mirada hacia Elke.

Zuper desvió la mirada a su vez, y lo que vio le dejó sin respiración. Elke le observaba embelesada mientras se derramaba lubricante en la palma de la mano. Estaba completamente desnuda excepto por el *strap-on* que llevaba sujeto a sus caderas.

Jadeó al verla acariciar el rígido falo que sobresalía del arnés, extendiendo el lubricante al agua sobre él. Todo su cuerpo se tensó ávido por experimentar con el placer prohibido.

«¡Lo van a hacer! ¡Van a follarme con el *strap-on*!», pensó eufórico cuando Elke caminó sinuosa hasta quedar arrodillada frente a él, entre sus piernas abiertas.

—Respira —le volvió a susurrar Alba al oído cuando dejó de expulsar el aire que contenían sus pulmones.

—No puedo... —gimió—. Estoy tan excitado que se me olvida.

Sintió la suave risa de la joven sobre su piel en el mismo instante en que Elke comenzó a recorrerle con las uñas el interior de los muslos. Separó más las piernas y elevó las caderas, abriéndose para ella.

—Muy bien... tranquilo, relájate —murmuró Alba con voz ronca a la vez que trazaba espirales sobre su estómago.

Descendió con extrema lentitud hasta su ingle e ignoró cruel el pene erecto que esperaba impaciente sus caricias. Las manos de ambas mujeres se dirigieron a los testículos, enmarcándolos entre sus dedos. Luego Alba comenzó a masajearlos mientras los dedos de Elke continuaban su recorrido por el perineo hasta rozar el *plug* anal. Insertó el índice en el anillo de silicona que conformaba la empuñadura y lo hizo girar.

Zuper se estremeció a la vez que un trémulo suspiro abandonaba sus labios y de su endurecida verga manó una nueva lágrima de semen. Separó las manos de su nuca, dispuesto a forcejear con las cuerdas que lo ataban, y solo entonces fue consciente de que no existían tales cuerdas.

—¿No vas a atarme? —le preguntó a Alba mostrándole sus manos desnudas.

—¿Quieres que lo haga?

—Sí, por favor... —gimió. Adoraba bregar con las cuerdas. Sentirse atado, indefenso... Saber que era ella la que tenía el poder, que solo ella podía llevarle al límite, y que solo ella tomaría la decisión de permitirle eyacular... si él se hacía merecedor de ello.

—Eres tan dulce... —la voz de Alba le llegó como un arrullo.

La vio levantarse, y como si de un sueño se tratara, la joven se quitó el tanga y se inclinó sobre él para atarle las manos tras la nuca con la íntima y humedecida prenda. Y, después, posó sus adorables labios sobre los de él y le besó hasta dejarle sin aliento.

Y siguió besándole mientras le pellizcaba las tetillas, y también cuando su mano descendió por su estómago, por su vientre, por su pubis y acabó envolviendo la feroz erección que se elevaba entusiasta en su ingle. Lo masturbó con exasperante lentitud. Y mientras le torturaba con caricias medidas para darle placer y dejarle al borde del éxtasis, Elke retiró lentamente el *plug* que invadía su recto, le ungió el ano con lubricante y comenzó a penetrarle con dos dedos, dilatándolo con suavidad no exenta de dureza.

Zuper gimió enronquecido cuando Alba volvió a morder su labio inferior y forcejeó con el tanga que ataba sus muñecas, excitándose más y más con cada beso, con cada roce que su ama dedicaba a su polla, con cada feroz penetración de los dedos de Elke. Estaba al borde del orgasmo cuando Alba detuvo su mano y le presionó con índice y pulgar primero el glande y luego la base del pene, calmándole con dolor. Exigiéndole silente que controlara el placer. Él apretó los dientes y asintió con la cabeza. Y cuando lo hizo, Elke retiró los dedos de su trasero y en su lugar colocó la punta del dildo del arnés que envolvía sus voluptuosas caderas.

Zuper apoyó las plantas de los pies en el suelo y elevó el trasero, intentando acercarse a ella, instándola a que le penetrara.

—Tranquilo. No tengas prisa —le susurró Alba inclinándose sobre él.

Zuper observó embelesado como su hermoso pelo rubio se derramaba sobre su pene, y cerró los ojos, incapaz de mantenerlos abiertos, cuando sintió la tibia humedad de su lengua pintando con saliva la corona de su polla. Y mientras Alba le lamía el glande y le recorría con los dientes el frenillo y Elke le penetraba con severa lentitud, él apretaba la mandíbula con fuerza y luchaba contra el placer, contra la pérdida del control, contra la necesidad de correrse. Y cuando los labios de Alba rodearon por fin su verga y la introdujeron en su húmeda boca; cuando Elke pujó por última vez y enterró por completo el dildo en su recto, perdió toda lucha y exhaló un ronco gemido de placer mientras todo su cuerpo temblaba incontenible y su espalda se arqueaba, tensa como la cuerda de un arco.

—No te corras —le exigió Alba.

Había dejado de devorarle para que él pudiera recuperar el aliento. Elke también se había detenido y permanecía inmóvil en su interior.

—No voy a poder evitarlo —lloriqueó él, luchando por no suplicarle que volviera a encerrarlo en el interior de su boca, por no rogarle que le ordenara a Elke bombear con fuerza, por no implorarle que le dejara correrse. Pero no lo hizo. Apretó los labios con fuerza, ahogándose en las palabras que querían escapar de su garganta.

Permanecieron estáticos y en silencio un minuto, tal vez más, y luego Zuper exhaló un frustrado jadeo y contoneó las caderas.

—No te muevas —le regañó Elke.

—Por favor… —gimoteó estremecido, luchando por permanecer quieto—. No puedo… —confesó perdiendo la lucha y elevando el trasero.

—Yo te ayudaré… —susurró Alba colocándose a horcajadas sobre él y sujetándole con las piernas las caderas—. Quédate muy, muy quieto —le ordenó bajando lentamente sobre su polla hasta que esta quedó enfundada en su vagina.

Zuper gritó extasiado, pero no se movió. Tenía a Elke dentro de su trasero y a Alba envolviéndole la polla, era más de lo que jamás había deseado. Todo su ser le impelía a moverse contra ellas, a penetrarlas con fuerza mientras era penetrado. A follarlas mientras era follado. A amarlas mientras era amado. Y aun así se mantuvo inmóvil. Porque Alba se lo había pedido. Porque su placer solo tenía un fin, complacerla. Porque complaciendo a Alba, complacía también a Elke. Y complaciéndolas a ellas, se complacía a sí mismo.

—Es demasiado... —gimoteó al sentir que su polla palpitaba en el interior de Alba aunque él se mantuviera inmóvil, al notar que su recto se contraía involuntariamente contra el dildo con el que Elke le penetraba—. No voy a poder soportarlo —confesó al sentir los primeros estremecimientos que le avisaban de hasta qué punto estaba al límite.

—Claro que puedes soportarlo —le replicó Alba con severidad—. ¿Cuántas veces has pensado que no lo resistirías y lo has conseguido? —Él negó con la cabeza—. ¡¿Cuántas!? —le exigió una respuesta.

—Muchas... Pero...

—No. No hay ningún pero que valga. Has demostrado con creces hasta dónde eres capaz de soportar, y te aseguro que tu límite todavía no ha llegado —declaró ella inclemente—. ¿Vas a rendirte ahora? —Él negó con la cabeza—. ¿Lo vas a hacer? —volvió a reclamarle.

—No... —susurró.

—Dilo más alto. Quiero oírte gritar.

—¡No! —aulló Zuper cerrando los ojos.

—¡Mírame!

Y él la miró. Y ella comenzó a mecerse con languidez mientras Elke se retiraba despacio de su recto para volver a introducirse con idéntica lentitud.

Y Zuper mantuvo los ojos abiertos, mirándolas a las dos a la vez, adorándolas sin palabras. Hasta que de repente negó con la cabeza, y todo su cuerpo se puso de nuevo en tensión.

—Esperad —rugió.

—¿Qué sucede? —inquirió Alba, asustada.

—¿Dónde está Karol? —gritó él mirando frenético la pared de espejos—. ¿Está mirando?

—No lo sé… tranquilo. ¿Quieres que corra las cortinas? —le preguntó Alba apartándose de él.

—¡No! ¡Quiero saber que está ahí! Quiero que vea lo orgullosas que estáis de mí. Que contemple el regalo que me estáis dando. Quiero que se dé cuenta de hasta qué punto soy vuestro y vosotras mías… quiero que lo sepa, que me mire, que me admire… que vea cuánto os complazco y cuánto me complacéis… que se dé cuenta de lo equivocado que está al renunciar al amor —dijo en una letanía que parecía no tener fin mientras mantenía la vista fija en los espejos.

En ese momento la pared de espejos se iluminó, convirtiéndose en cristal, mostrando al hombre que había tras ella.

Karol sonrió, asintió con la cabeza y apoyó las manos contra el cristal, indicándole que no se movería de allí, que contemplaría todo lo que iba a suceder en la mazmorra, aunque muriera por dentro. Aunque le doliera ver el amor reflejado en el rostro de sus tres amigos sabiendo que él jamás podría tenerlo.

Zuper esbozó una sonrisa satisfecha y volvió a centrar su mirada en Alba y Elke, decidido a complacerlas en cuerpo, corazón y alma, demostrándoles cuánto valoraba el regalo que le hacían, la confianza que depositaban en él y el amor que le tenían.

Elke asintió con la cabeza sonriéndole y metió los dedos bajo el ajustado corsé de Alba, elevando los pechos de esta hasta que estuvieron sobre la prenda y él pudo observar cómo los masajeaba y pellizcaba. Luego Alba deslizó la mano hasta sus propios muslos, se levantó la minifalda y comenzó a moverse sobre él, permitiéndole ver cómo su vagina se tragaba su polla, brillante por el placer femenino. Y mientras Alba danzaba sobre su vientre, mojándolo con el néctar de su pasión, Elke se mecía contra su trasero, llenándolo con el dildo para luego alejarse de él, estremeciéndose cada vez que lo penetraba y era a su vez penetrada por el vibrador interior del *strap-on*.

Zuper jadeó al ver como la alemana deslizaba los dedos sobre el clítoris de Alba y comenzaba a acariciarla, mientras que esta a su vez le pellizcaba a él las tetillas con la mano que tenía libre. Apretó los dientes y se obligó a sobreponerse al placer y mantener los ojos abiertos. Decidido a mirarlas, y sentirlas, y amarlas…

Karol observó sus pies desnudos. Bajo ellos, aire. Rodeándolos, aire. Sobre ellos, aire. ¿Cuántas veces se había sentado en esa misma postura en el hospital mientras pasaban las horas? Miles. ¿Cuántas veces había sentido el impulso de saltar? Ninguna. Tampoco ahora lo sentía. Inspiró profundamente, se giró sobre el alféizar y apoyó la espalda en el marco de la ventana en la que estaba sentado. Dejó que la mirada de su ojo izquierdo, el derecho lo tapaba el parche, vagara por el espacio desierto que se abría ante él. La vista desde la ventana este de la Torre era un mantel de distintas tonalidades. Bajo sus pies, los brillantes colores de las piedras que conformaban el jardín de su casa, el áureo chillón del sendero de baldosas amarillas, y, despuntando entre toda esa exuberancia, el gris granítico de los menhires. Más allá de los muros que aislaban su hogar, los campos de cultivo, verdes en otoño, habían dado paso a los dorados y pajizos. Y en mitad de toda esa vida, de todo ese color terrenal, su casa, el Templo del Deseo. Un extravagante edificio con paredes rojas y ventanas asimétricas. Y sobre este, elevándose incongruente, una construcción medieval de paredes de piedra, la Torre. Su refugio privado, la zona prohibida del Templo, el único reducto que le quedaba. Y en la Torre, él. Aislado por propia voluntad. Y así seguiría siendo por toda la eternidad. O al menos durante tanto tiempo como su estúpido corazón siguiera latiendo.

Saltó de la ventana y sus pies se posaron sobre el suelo negro de la habitación. Caminó hasta la cama, se tumbó sobre las sábanas de seda roja y se aferró a los barrotes de hierro que conformaban el cabecero mientras observaba su reflejo en los espejos que cubrían el techo. Se vio a sí mismo como realmente era, piel, carne y huesos envolviendo un corazón latiendo que se negaba a dejar de sentir por mucho que su dueño se lo ordenara. Se había esforzado por convencerse de que su corazón solo era una máquina que al latir hacía ruido.[7] Y no lo había conseguido. Su corazón había latido fascinado al sentir el amor que se reflejaba en el rostro de sus tres amigos. Y también había sangrado al verlos, anhelando aquello que él mismo se había prohibido.

Se incorporó hasta quedar sentado sobre la cama y se quitó de un tirón el parche que cubría su ojo derecho para luego restregarse los párpados con la palma de ambas manos. Ojalá pudiera frotarse los ojos hasta borrar las imá-

---

7. «Dices que tienes corazón, y solo lo dices porque sientes sus latidos; eso no es corazón..., es una máquina que al compás que se mueve hace ruido». Gustavo Adolfo Bécquer. Rima LXXVII.

genes que había visto. Pero no serviría de nada, estaban grabadas en su retina, impresas en su memoria.

Cuando Zuper le había llamado estaba a punto de abandonar la antesala que daba a la mazmorra. Había sido consciente de la marea de sentimientos que fluía entre sus amigos, y no había querido verlo. Disfrutar con ellos mientras follaban, sí, sin ninguna duda. Ver el amor reflejado en sus rostros, olerlo en el mismo aire que respiraba, sentirlo sobre cada trozo de su piel... envidiarlo, anhelarlo, desearlo, no. Nunca más. Pero el pelirrojo le había pedido que se quedara, y él lo había hecho. Y su corazón había llorado sangre al hacerlo.

Alejó las manos de sus párpados cuando el ojo derecho protestó dolorido por el brusco masaje. Su pupila no era solo sensible a la luz, sino también a la presión; más le valía no olvidarlo. Miró en el móvil la hora, aún faltaba bastante tiempo para la cena, pero aun así, no tenía nada mejor que hacer que prepararse, y una ducha le vendría bien. Se encerró en el amplio cuarto de baño y dejó que el agua recorriera su piel, eliminando el aroma a sexo que aún se impregnaba en ella. Cerró los ojos, y ella apareció en el interior de sus párpados. Apoyó las manos en los negros azulejos de la pared y negó con la cabeza a la vez que una amarga risa abandonaba sus labios. No había suficiente angustia en su corazón, que además tenía que invocar la presencia de la ladrona que poco a poco le estaba robando el alma.

Tendría que esforzarse en exorcizarla de su mente, de su piel, de su nariz.

Quizá no fuera tan complicado como había temido.

No la había visto desde hacía más de una semana. Había acudido al centro comercial como cada sábado, impaciente y renuente. Remiso y vigilante. Desesperado por verla. La había buscado, al principio con sosegada calma, después, con salvaje angustia, hasta que se dio cuenta de que no la encontraría pues ella no había acudido al tácito encuentro de cada sábado. No le había gustado comprobar que ella no estaba. Se había enfadado. Al menos al principio. Ahora comprendía que era mejor así. Un olvido voluntario. Un adiós sin palabras.

Se encogió de hombros y salió de la ducha.

—Tampoco importa demasiado... —susurró secándose con la toalla—. Solo era una sombra anónima, una persona sin rostro.

Un rugido escapó de su garganta a la vez que sus manos se cerraron como garras sobre la suave felpa al darse cuenta de que se estaba mintiendo a sí mismo.

—¡No es una sombra! Es luz. Es vida. Es... lo que no puedo tener —siseó lanzando la toalla contra la pared—. Y quiero volver a verla —reconoció en voz alta.

Su corazón se detuvo al pensar que por mucho que deseara verla de nuevo, no tenía poder para convocarla, ni para descubrir quién era o dónde encontrarla. Golpeó furioso la estantería, tirando el gel de ducha y el champú.

—Quiero olerla, sentirla, besarla... Y ya no va a ser posible —siseó entre dientes mientras arremetía contra todo lo que encontraba frente a él.

Tomó el cuadro que mostraba unos perritos en un baño de espuma que Sofía le había regalado en Navidad. Se detuvo antes de estrellarlo contra la pared. Pasó las yemas de los dedos sobre el cristal y recorrió el hocico de los perritos, sus orejitas levantadas... volvió a colocarlo en su sitio y abandonó el cuarto de baño.

Poco después entró en el salón desierto. Se sirvió un poco de vodka y se sentó a esperar que sonara el timbre de la puerta. Faltaba poco para la hora acordada con el restaurante japonés para recibir el *catering*.

—¿Ha llegado ya la comida? —le preguntó Alba casi una hora después, entrando en el salón acompañada de Zuper y Elke.

—Está todo en la cocina —respondió Karol observando a sus amigos.

Alba y Elke se habían cambiado de ropa, descartando sus vestidos de dóminas por unas cómodas e informales minifaldas vaqueras y unas camisetas: blanca y holgada, con los «morritos» de los Rolling Stones, en el caso de Alba; y de tirantes, roja y ajustada, con unos botones desabrochados en el escote, en el caso de Elke.

Zuper, por el contrario, estaba desnudo salvo por un escueto tanga de cuero que se ceñía con fuerza a sus genitales. Su corto pelo rojo estaba alborotado y todavía húmedo por la reciente ducha, y parecía extenuado... las chicas se habían ocupado de tranquilizarlo, de eso no cabía duda.

—¡Estupendo! —exclamó Alba eufórica dirigiéndose a la cocina—. Ve a dar una vuelta por el jardín hasta que lleguen Eber y Sofi.

—¿Me estás echando de mi propio salón? —Karol arqueó una ceja.

—Sí. Tenemos una hora para prepararlo todo y lo último que necesitamos es tenerte revoloteando a nuestro alrededor, así que... largo —dijo Elke dándole un suave azote en el trasero.

Karol se echó a reír y, a continuación, hizo lo que le habían pedido.

Apenas una hora después se encontró con Eber y Sofía. Habían aparcado el coche en la entrada de la finca y caminaban sin prisa por el sendero de baldosas amarillas. Se unió a ellos y, al llegar a la casa, llamó un par de veces al timbre antes de entrar para avisar a las chicas y a Zuper de su regreso.

—¿Recuerdas lo que tienes que hacer cada vez que Elke o yo digamos tu nombre? —le preguntó Alba a Zuper al oír el timbre.

El asintió. ¡Como para olvidarlo! Le habían colocado un plug anal, dándole instrucciones de que tenía que contraer y relajar el ano cada vez que escuchara su nombre. No cabía duda de que sus novias se iban a encargar de que fuera una noche larga… y muy excitante.

Elke depositó un suave beso sobre los labios del pelirrojo, justo después de que lo hiciera Alba, y a continuación ambas mujeres retiraron uno de los biombos con los que habían delimitado la zona en la que cenarían, permitiendo el paso a los comensales.

—Impresionante… —susurró Karol al ver a Zuper tumbado sobre la mesa de ébano.

—Y tanto… —murmuró Eber acercándose.

—Ya puedes aprender de él —declaró Sofía mirando al pelirrojo con cariño—. Yo también quiero disfrutar de una cena en la que mi marido sea la bandeja.

Eberhard abrió la boca, y volvió a cerrarla sin saber qué decir. Se encogió de hombros a la vez que se sentaba; si Sofía deseaba algo, él haría lo imposible para dárselo.

—Tendré que aprender a no moverme mucho —musitó al oído de su esposa—, pero será una cena privada, solo para nosotros. —Ella asintió sonriente.

Karol esperó a que sus amigos se sentaran a la larga mesa, las chicas en un lateral y los esposos en el otro, antes de sentarse junto a Alba, y luego observó con atención el *nantaimori* que las jóvenes habían preparado. Cuando había dicho que era impresionante no había exagerado en absoluto.

Habían aislado parte del enorme salón con unos biombos decorados con motivos japoneses, creando un reducto de paz en el que la baja intensidad de las luces y la suave música instrumental instaban a la conversación susurrada. Y en mitad de ese reducto, habían colocado la mesa de ébano y la habían cubierto con una delgada cama de bambú. Y sobre esta, estaba Zuper, desnudo, tumbado de espaldas y con un almohadón de seda granate bajo su cabeza. Karol no pudo evitar sonreír al ver que Alba y Elke se habían preocupado hasta del más mínimo detalle para que su amado sumiso estuviera cómodo. O todo lo cómodo posible dada la dureza de la mesa y la obligada inmovilidad de su cuerpo.

Un *bondage* de cuerda de cáñamo le rodeaba los muslos, juntándolos, para luego descender a lo largo de la unión entre sus piernas, inmovilizándolas con dos vueltas sobre las rodillas, otras dos en mitad de las pantorrillas y dos más en los tobillos. Las manos del pelirrojo estaban sujetas a sus muslos por un nuevo *bondage* que le envolvía las muñecas. El joven tenía los ojos abiertos y fijos en el techo, tal y como le habían ordenado, y su respiración era pausada, controlada, tanto que su pecho apenas se movía. Alba y Elke habían colocado una gran variedad de *ma-*

kis [8] de sushi sobre la piel desnuda de sus brazos y piernas, y habían adornado su torso y su estómago con un banquete de *sashimi* [9] de atún, caballa y bacalao. Y su bajo vientre y su pubis estaban cubiertos por hojas de banano entrelazadas que contenían *nigiri* de salmón, en clara concordancia estética con lo que se ocultaba bajo las hojas. Por último habían adornado las partes de su cuerpo que no estaban ocupadas con la comida con lirios blancos y rojos pétalos de rosas, ambas flores inodoras y conseguidas gracias a los tejemanejes de Zuper, creando una verdadera obra de arte con la persona de su amado.

—Me da pena empezar a comer —murmuró Sofía mordiéndose los labios—. No quiero destrozar el hermoso cuadro que habéis creado.

—No digas tonterías, Sofi —replicó Elke con los ojos brillantes de orgullo contenido—. Yo desde luego no pienso dejar toda esa comida sobre Zuper.

El joven cerró los ojos y tembló al oír su nombre.

Elke esbozó una pícara sonrisa, echó un poco de jengibre y salsa de soja en un cuenco de madera y tomó un *sashimi* del pecho del joven, pellizcando «sin querer» una de sus tetillas. Él volvió a temblar.

—Bueno… yo la verdad es que no controlo esto de los palillos, siempre uso cubiertos de los de toda la vida —confesó Eber. Zuper abrió los ojos como platos, repentinamente asustado—. Pero tampoco voy a usar el tenedor —se apresuró a explicarse al ver el gesto del joven. El

8. *Maki*: pequeña porción de pescado crudo y arroz enrollados en una hoja de alga nori.
9. *Sashimi*: plato japonés que consiste en cortes finos de marisco y/o pescado crudo.

pelirrojo soltó un suspiro imperceptible—. ¿Os importa si cojo la comida con los dedos?

—Adelante —aprobó Karol tomando un *nigiri*.

—¿Cómo es que has vuelto a cambiarte el color de pelo? —le preguntó Sofía en ese instante a la vez que cogía un *maki* de salmón—. Esta vez no has aguantado ni dos meses con el mismo color de pelo. ¡Dios, esto está buenísimo! —exclamó saboreando la comida.

—Me aburrí. La verdad es que no fue buena idea dejarme el pelo de mi color, no me gusta cuando me miro al espejo —contestó Karol. Con el pelo negro se parecía demasiado a quien había sido, y no le gustaba.

—Zuper le consiguió una buena peluquería —comentó Alba mirando atentamente al pelirrojo, que en ese mismo instante apretaba los labios para no dejar escapar ningún gemido.

—Sí, Zuper ha resultado ser un estupendo asistente personal —aseveró Elke risueña.

Karol observó con los ojos entornados a las dos rubias y luego miró a Zuper, este se mantenía inmóvil, pero el aroma que emanaba de él hablaba de excitación y contención. Continuó conversando con sus amigos, sin dejar de vigilar al trío, y sonrió al percatarse de que la esencia pasional del pelirrojo, y también de las chicas, crecía exponencialmente cada vez que decían su nombre. No cabía duda de que se traían algún juego entre manos, un juego que conseguía centrar la atención del hombre en las palabras que ellas pronunciaban y no en lo que sucedía sobre su cuerpo. Asintió satisfecho al comprender que Alba y Elke habían encontrado la manera de desviar el nerviosismo de Zuper hacia otros derroteros, y continuó comiendo. O al menos lo intentó, porque apenas unos minutos después sintió la vibración del móvil en el bolsillo de su pantalón. Se levantó de la silla y se alejó un poco para atender la llamada. Era de la empresa que se ocupaba de la seguridad de su casa. La alarma silenciosa de una de las ventanas de su habitación en la Torre había saltado, y le informaban de que iban a mandar a unos agentes para comprobar que todo estuviera correcto.

—Seguramente me habré dejado abierta la ventana y habrá entrado algún pájaro —comentó al teléfono. No era la primera vez que le sucedía—. Déjeme que lo compruebe antes de mandar a nadie —exigió a su interlocutor. Lo último que deseaba era tener a extraños en su casa justo esa noche. Dirigió la mirada a sus amigos—. Disculpadme un momento, voy a subir a la Torre para comprobar mi teoría.

Y eso hizo, a pesar de las protestas del agente de seguridad y de tener a Eberhard pegado a los talones.

—Espérame ahí —le pidió cuando estuvieron a medio camino de la balaustrada que daba paso a su habitación. El alemán asintió remiso, sabía de sobra que su amigo jamás había dejado entrar a nadie en sus estancias privadas.

Karol marcó la clave para desactivar la alarma con una mano sin dejar de sostener el móvil con la otra mientras mantenía a su interlocutor a la espera al otro lado de la línea.

—Efectivamente —musitó unos segundos después de que la puerta se abriera y pudiera ver el interior de la estancia—. Es un pajarillo que se ha colado sin permiso. No manden a nadie —ordenó antes de apagar el teléfono. Entró en la habitación y cerró la puerta tras él.

$$\Upsilon$$

Laura se apartó de la mesilla de noche y se giró sobresaltada al escuchar la voz de su presa. Lo recorrió lentamente con la mirada y, sobreponiéndose a los acelerados latidos de su corazón, elevó la comisura de sus labios esbozando una sonrisa altanera.

—Vaya… No esperaba verte aquí —dijo desafiante.

—¿No? Deberías haberlo esperado, al fin y al cabo, esta es mi casa —replicó Karol.

—Pensé que estarías muy ocupado cenando con tus amigos —le espetó cruzándose de brazos. Cuando había mirado por la ventana del salón para comprobar que todos estuvieran allí y lo había visto hablando con dos chicas junto a un biombo, se había sentido estafada. Por lo visto su ratoncito no solo jugaba con ella—. ¿Te aburrías y por eso has subido? Qué extraño, tus exuberantes amigas parecen lo suficientemente tontas como para resultar entretenidas…

Karol enarcó una ceja, extrañado y a la vez divertido por su repentino ataque de furia.

—¿Celosa?

—¿Yo? Por supuesto que no. No eres tan importante como para que sienta celos…

—Pero sí soy lo suficientemente celosa como para que entres en mi casa sin invitación —repuso él resistiendo el impulso de acercarse a ella.

Eran dos desconocidos que jamás habían cruzado palabra y, sin embargo, ahí estaban, conversando como si se conocieran de siempre, desafiándose con la mirada y las palabras.

—Nunca pido invitación para robar… sería estúpido, y yo no lo soy —replicó ella altiva.

—Siento decirte que has elegido un mal sitio para robar, aquí no hay nada de valor… —comentó él extendiendo los brazos para señalar la casi espartana habitación.

—Oh, sí. Por supuesto que lo hay…

La joven sonrió y se sacó del escote de la ajustada camiseta roja el pañuelo de seda impregnado en Chanel N.º 5 que él usaba para taparse la nariz cuando el olor de los demás le molestaba o le excitaba demasiado.

Karol arqueó una ceja, extrañado de que fuera el pañuelo lo que le había llamado la atención. Era algo muy especial para él, y ella no podía saberlo. La miró, entre asombrado y divertido, y le tendió la mano, instándola a devolvérselo. Ella sonrió, negó con la cabeza, y se lanzó hacia la ventana abierta por la que se había colado poco antes.

Y Karol por fin reaccionó. Olvidó todo control y se dejó dominar por un impulso primario e instintivo. La tenía en su terreno, al alcance de la mano, y no iba a permitir que se le escapara. Se lanzó con rapidez hacia su ladrona, agarrándola de las muñecas en el mismo momento en que ella comenzaba a descender. Y, sin pararse a pensar lo que hacía, la volvió a meter en la habitación. Ella tiró intentando liberarse de sus manos y él la abrazó con fuerza para evitar que escapase y, en ese momento, con la nariz pegada a su piel, el aroma de la mujer estalló en su interior. Estaba excitada, mucho. Le deseaba, a él. La miró a los ojos, aturdido por las sensaciones que le recorrían al tenerla entre sus brazos, contra su piel. Y ella le propinó un fuerte empujón a la vez que una hermosa sonrisa se dibujaba en sus labios.

—Si me quieres, cógeme… —le desafió.

Y Karol, por primera vez desde que la perseguía, aceptó el reto por completo.

Dieron vueltas alrededor de la habitación, mirándose como los depredadores que eran, y al final, Karol se arrojó sobre ella. Ella le esquivó y volvió a saltar hacia la ventana, pero antes de que pudiera llegar, él la alcanzó. Lucharon como dos animales salvajes, chocaron contra las paredes, cayeron al suelo y volvieron a levantarse, tiraron el escritorio y acabaron sobre la cama, enredados uno en la otra, dando vueltas sobre el cochón, hasta que Karol consiguió tumbarla de espaldas e inmovilizarla con su cuerpo. Sujetó sus delicadas muñecas por encima de la cabeza y la miró a los ojos. Se perdió en ellos. Ella le enseñó los dientes en un fiero gruñido a la vez que le envolvía las caderas con sus largas piernas, pegándole a su cuerpo. Karol se meció, acunando su erección contra el ardiente calor que emanaba del sexo femenino. Posó la mano que tenía libre sobre el liso estómago de la muchacha y comenzó a subirle la camiseta a la vez que bajaba la cabeza para besarla…

—Karol, ¿estás bien? —le llegó la voz de Eber desde el otro lado de la puerta—. He oído ruidos… ¿Qué pasa ahí dentro?

Alzó la cabeza, de repente consciente de lo que había estado a punto de hacer. Iba a besarla… y no se hubiera detenido en eso. Estaba dispuesto a desnudarla. Y a acariciarla. Y a besar cada centímetro de su piel. Y a follarla… una vez, y otra, y otra más. ¡Y él no follaba con nadie! Se había hecho una promesa. Y no pensaba romperla. No pensaba volver a caer de nuevo en la trampa del sexo con nadie que no fuera él mismo.

—Karol, di algo, nos tienes preocupados. —Esta vez era Alba quien hablaba.

—No pasa nada —contestó sin apartar la mirada de la joven que tenía debajo de él—. Ahora salgo, dadme un momento.

Se apartó remiso del cálido cuerpo femenino. Ella

enarcó una ceja, sonrió burlona y, veloz como un rayo, llevó la mano hasta su polla y comenzó a acariciarle.

—Un momento bastante largo —susurró lasciva en su oído antes de morderle el lóbulo de la oreja.

—No… —gimió él. Ahora que había recuperado la voluntad, no pensaba volver a dejarse llevar por la lujuria.

—¿Estás seguro? —le espetó abalanzándose contra su boca y mordiéndole el labio inferior hasta que él respondió al beso.

Se perdió en su sabor, en su olor, en la excitación que suponía sentirla junto a él, bajo él, ceñida a él… Abrió los ojos al darse cuenta de que ella le había desabrochado los pantalones y tenía su verga firmemente aferrada entre los dedos.

—Tengo invitados, debo atenderlos —jadeó la primera excusa que se le ocurrió. Abrió los ojos como platos y la miró sorprendido. Él jamás buscaba ni otorgaba excusas. Excepto con ella.

Ella sonrió desafiante.

—Deshazte de ellos —le apremió masturbándole.

—¡No! —gruñó a la vez que la asía por la muñeca, obligándola a soltarle.

Tenía que acabar con la atracción que sentía por ella… y con la atracción que ella sentía por él. Y sabía el modo perfecto para lograrlo. Le revelaría lo monstruoso que era. Y ella le aborrecería, igual que había hecho Laska.

—¡Alba! —gritó. Esta respondió al instante, en una clara muestra de que no se había alejado de la puerta—. Prepara otro asiento para la cena… acaba de unirse una invitada.

—¡No pienso cenar con tus amigos! —protestó ella.

—Lo harás. —«Y cuando veas la perversión que me rodea, me aborrecerás y saldrás huyendo para no regresar jamás.»

Tiró de ella hasta que quedó de pie frente a él y, sin dejar de sujetarla con fuerza por la muñeca, la obligó a caminar mientras se recolocaba los pantalones con la mano libre. Al abrir la puerta se encontró con la mirada preocupada de Eberhard y Alba. Elke y Sofía esperaban al pie de las escaleras, mirándole asombradas.

—Regresemos al salón —dijo sin ofrecerles ninguna explicación.

Cuando se reunieron con el resto de los comensales, Karol comprobó agradecido que Alba y Elke se apresuraban en colocar sus cubiertos al otro lado de la larguísima mesa, junto a Sofía y Eberhard, dejando libre el lateral en el que él y su ladrona se sentarían. Tiró de la díscola mujer, atravesó el salón con ella a la zaga, y la obligó a sentarse a su lado, y durante todo ese tiempo no dejó de observarla buscando en su rostro una reacción que no se dio. No parecía sorprendida, ni tampoco asqueada, si acaso, un poco curiosa. Inhaló con disimulo. Estaba excitada. Tanto como él mismo.

—Espero que te guste la comida japonesa —dijo tras carraspear.

—Me gusta más el hombre sobre el que está servida, no me importaría saborearlo… a conciencia —afirmó ella tomando los palillos y cogiendo un *nigiri* de los que ocupaban el pubis de Zuper para luego absorberlo seductora entre sus labios.

Un gruñido airado fue la única respuesta de Karol.

—Hola… —musitó Sofía, incómoda pero a la vez decidida a seguir las más elementales normas de educación, y de paso averiguar algo de su desconocida compañera de cena—. Soy Sofía, y este es mi marido Eberhard. —El alemán saludó con la cabeza—. Ellas son Alba y Elke, las creadoras de esta cena tan especial. Y... el hombre que está en la mesa —dijo sin saber cómo describirle— es Zuper.

—Nuestro novio —aclaró Elke enfadada por lo que la extraña había dicho de Zuper. Cuanto antes supiera que el pelirrojo era coto privado de caza, mejor. No le apetecía nada sacarle los ojos a la invitada de Karol.

—Oh, qué interesante —comentó la joven mirando al trío—. Yo soy Laura. —Y los saludó con una leve inclinación de cabeza.

Karol paladeó en silencio su nombre. Laura... Le gustaba. Pero todavía le gustaba más que ella no pareciera asqueada o indignada al saber que estaba sentada junto a «una pareja de tres». Por lo visto su ladrona tenía la mente muy abierta.

—Laura, encantada de conocerte —murmuró Sofía—. Y ahora que ya nos hemos presentado, dime... ¿cómo has entrado? —preguntó intrigada.

—Me he colado por la ventana este de la Torre —respondió ella con indiferencia a la vez que tomaba un *sashimi* de atún del torso de Zuper. Elevó la cabeza, abrió la boca y dejó que el pequeño bocado rosado se deslizara lentamente entre sus labios.

—Deja de hacer eso —siseó Karol enfadado. Se suponía que ella debía escandalizarse y salir corriendo, pero en vez de eso estaba haciendo todo lo posible por excitarle más todavía. Y, francamente, ya estaba más duro de lo que podía soportar.

En respuesta, Laura cogió un *nigiri* se lo llevó a la boca y le dio un ligero mordisco en la punta. Karol la miró con los dientes apretados. Ella sonrió burlona, deslizó con disimulo la mano por debajo de la mesa y la posó sobre la pierna masculina, muy cerca de la erección que despuntaba en la ingle.

—Pórtate bien —masculló Karol sujetándole la mano y obligándola a ponerla de nuevo sobre la mesa.

—No. Me encanta ser una chica mala, muy mala… —replicó ella inclinándose sobre él.

Karol abrió la boca para regañarla de nuevo, y volvió a cerrarla cuando su exótico y excitante aroma se coló en sus fosas nasales, haciéndole jadear.

Laura sonrió al comprobar que lo que llevaba meses intuyendo era cierto. Él tenía una capacidad inusitada para captar y sentir los olores. Y parecía que le gustaba mucho el suyo. Tomó nota mental de no usar colonia en lo sucesivo, no era cuestión de desaprovechar ninguna arma a su alcance.

Karol dejó de respirar para evitar que su pituitaria siguiera impregnándose con la esencia femenina. Tanto le excitaba su aroma que si no detenía el ataque al que se veían sometidos sus sentidos acabaría perdiendo todo control y masturbándose allí mismo. Llevó la mano al bolsillo del pantalón en busca de su sempiterno pañuelo impregnado en Chanel N.º 5 y se detuvo al recordar que como era una cena entre amigos, no le había parecido necesario y lo había dejado en su habitación… de dónde ella lo había cogido. Y de dónde él había intentado recuperarlo antes de perder el control y dejarse llevar por la lujuria, olvidándolo. Tomó aire por la boca, intentando evitar sin conseguirlo que el apasionante olor de la ladrona penetrara en su sistema nervioso y lo colapsara.

—¿Buscas esto? —la escuchó decir. Giró la cabeza y

vio que ella le enseñaba la punta de su pañuelo. El resto permanecía oculto bajo su escote.

Gruñó antes de arrebatárselo y llevárselo a la cara. Inhaló con fuerza y al instante lo separó de su nariz, mirándolo como si fuera una serpiente venenosa.

—Huele a ti —jadeó mirándola.

—Cuánto lo siento… —susurró con ironía.

Karol bufó contrariado. A continuación, tomó un *maki* y se lo metió furioso en la boca.

Laura estalló en una carcajada musical que hizo que Karol cerrara los ojos. Hasta eso era hermoso en ella.

El resto de los comensales se miraron entre sí, estupefactos por la escena que estaba teniendo lugar frente a ellos. Era la primera vez que veían a Karol exasperarse por algo… De hecho era la primera vez de muchas cosas. La primera vez que alguien, quien fuera, entraba en la habitación de Karol. La primera vez que este invitaba a un desconocido al Templo, porque si algo tenían claro era que Karol no les había hablado nunca de Laura, y, desde luego, ella no era ninguna conocida de su país. Era española, valenciana si tenían en cuenta su acento. Y también era la primera vez que veían a Karol perder el control de sus emociones, y no cabía duda de que eso era exactamente lo que estaba pasando. La miraba como si quisiera comérsela para al instante siguiente rechinar los dientes enfadado, y un segundo después, jadear excitado solo porque ella comiera de forma un tanto… especial. Y eso por no hablar de los ruidos de pelea y cosas rotas que habían escapado de la habitación del polaco cuando había estado encerrado con ella.

—Y… ¿cómo es que has entrado por la ventana? —inquirió Eberhard para romper el silencio que parecía haberse adueñado de la estancia. Y también, por qué no decirlo, porque la curiosidad le mataba. ¡Nadie se colaba por una ventana si había una puerta!

—¿Por qué crees que lo he hecho? —le preguntó Laura parpadeando con inocencia. Eber negó con la cabeza—. Para robar, por supuesto. Ningún ladrón que se precie entra en una casa por la puerta, le quita emoción al asunto.

—Ah… —fue lo único que pudo responder el alemán.

Karol miró a su amigo, luego a su ladrona y, al final, apoyó los codos en la mesa y la cabeza en las manos y comenzó a reír. Al principio fue apenas un jadeo continuado, pero poco a poco se convirtió en una carcajada estentórea imposible de detener.

Sus amigos lo miraron estupefactos. También era la primera vez que le veían reírse a carcajadas. Desviaron la vista hacia la ladrona que sonreía a su lado y a continuación se miraron unos a otros, asintiendo con la cabeza. Fuera quien fuera, esa mujer era buena para Karol.

—Y… ¿qué pretendías robar? —la preguntó Elke divertida.

—Oh, el pañuelo que le acabo de devolver…

—No me lo has devuelto, te lo he quitado —replicó Karol herido en su orgullo.

—Solo porque yo te lo he permitido —le espetó ella chasqueando la lengua.

—Te lo hubiera arrebatado sin problemas —rechazó él picado.

—Comprobaremos si eso es cierto la próxima vez que te lo robe.

—¿Vas a intentar robarle otra vez? —inquirió Alba, perpleja por el descaro de la joven.

—Por supuesto. Y quizá la próxima vez no me muestre tan compasiva y le robe algo de más valor.

—¿Como qué? —Karol la miró divertido. No había nada de valor en su habitación, él mismo se había encargado de deshacerse de todos los lujos materiales. No los quería, había tenido demasiados.

—No sé, tal vez ese arnés de cuero que guardas en la mesilla, o quizá la funda de plástico que parece una jaula para penes… —susurró en su oído para que solo él pudiera escucharla—. No me gusta nada pensar que algo que no soy yo le toca la polla a mi ratoncito.

Karol se detuvo perplejo, con la mano extendida para tomar un *maki* con los palillos. No solo había estado en su habitación, sino que había registrado su mesilla y tocado sus cosas. En vez de enfurecerse, se excitó más todavía al imaginar los dedos de su ladrona recorriendo sus juguetes…

Laura sonrió satisfecha al ver la expresión de su cara y alargó la mano para tocar las cuerdas que rodeaban los muslos del pelirrojo. Era la primera vez que veía un *bondage* en directo y estaba muy intrigada por los nudos. Y si de paso hacía rabiar a su presa, pues mejor. Un aliciente más.

—No se toca —la regañó Karol retirándole la mano.

—¿No? —inquirió Laura dirigiendo la mirada a las dos rubias, pidiéndoles permiso—. Me encantaría ver esos nudos tan espectaculares —comentó—. Es impresionante y muy hermoso. —Zuper hinchó el pecho, vanidoso como un pavo real—. De verdad te admiro —dijo dirigiéndose zalamera al orgulloso pelirrojo—. Yo no sería capaz de quedarme tan quieta mientras comen sobre mí. Eres un portento. Y además estás muy atractivo con ese precioso *bondage*.

Karol gruñó sonoramente sin poder evitarlo.

—Puedes tocar, pero solo las cuerdas —afirmó Alba,

divertida al ver la reacción de Karol. Por lo visto su amigo estaba celoso. Y mucho.

—No. No puede —objetó Karol con los dientes apretados agarrándola de la muñeca para que no tocara al pelirrojo. Si no le permitía que le tocara a él, menos le iba a permitir tocar a otro. Levantó la vista de la mano que aún sujetaba y se sorprendió al ver que sus amigos le miraban entre atónitos y divertidos. La soltó a la vez que carraspeaba incómodo.

—Vaya… qué interesante —musitó burlona Laura, deslizando la mano por debajo de la mesa hasta dejarla posada sobre la rígida erección del polaco—. Tal vez prefieras que toque otra cosa…

—Estate quieta y come —bufó él, pero no le apartó la mano. Prefería que estuviera ocupada torturándole con sus caricias a que le martirizara haciéndole sentir unos celos que bajo ninguna circunstancia debería sentir.

Laura respondió a su exigencia con una musical carcajada, mientras que, bajo la mesa, le dio un suave apretón en el pene.

Karol exhaló todo el aire que contenían sus pulmones y cerró los ojos. Iba a ser una noche muy, muy larga.

Laura observó el gesto desamparado de su presa y, sin saber bien por qué, se apiadó de él. Deslizó muy despacio la mano por su erección, siguiendo con las yemas de los dedos su grosor y largura. Y mientras delimitaba su contorno, no pudo evitar pensar que se ajustaría como un guante a su vagina. Por último, siguió la costura de la tela hasta dar con el bulto de sus testículos, le hizo una suave caricia, y colocó por fin la mano en el muslo masculino, donde pensaba dejarla toda la noche. Puede que hubiera decidido no torturarle con sus caricias, pero eso no significaba que fuera a comportarse bien… eso no iba con ella.

Karol observó a la mujer que estaba sentada a su lado. Si bien era cierto que lo primero que le excitó de ella fue su aroma, no era menos cierto que un segundo después de olerla, la había visto y había caído presa de su embrujo. Y desde entonces había ido perdiendo poco a poco la cabeza, y también el control. Sus instintos habían ganado la partida a su razón, y ahí estaba ahora, sentado junto a la ladrona con la que soñaba cada noche. Deseando tocarla. Luchando contra sí mismo por no hacerlo. Y disfrutando de las caricias, ahora casi inocentes, que ella le prodigaba bajo la mesa. Alzó la mano, deseando retirarle el flequillo de la frente para poder ver sus maravillosos ojos verdes. Se detuvo en el último momento, y se obligó a coger los palillos y seguir comiendo sin observarla, prohibiéndose mirarla y deleitarse con su cremosa faz de rasgos afilados y pómulos altos. Castigándose a sí mismo sin contemplar los delgados labios pintados de rojo que anhelaba besar, el cuerpo atlético que se moría por desnudar y tocar. Estrechó los ojos al percatarse del inusitado atuendo que había elegido para robarle. Una ajustada camiseta roja y unos *leggins* del mismo color no parecían lo más apropiado para un robo. En las películas los ladrones siempre vestían de negro.

—¿Por qué te has vestido de rojo para robarme? —preguntó sin pensar.

Ella giró la cabeza para mirarle y Karol sintió que se le paraba el corazón al ver que las comisuras de sus labios se elevaban en una preciosa sonrisa dedicada solo a él.

—Has pintado tu casa de rojo… Hubiera destacado demasiado vestida de negro —le respondió divertida.

Él asintió con la cabeza, y volvió a ignorarla para coger un *sashimi* de bacalao del pecho del pelirrojo.

Laura entrecerró los ojos y estuvo tentada de subir la mano hasta su ingle, agarrarle bien fuerte la polla y darle un brusco apretón, a ver si así conseguía llamar su atención. El único motivo de que no lo hiciera fue que le vio mirarla por el rabillo del ojo mientras intentaba agarrar un trozo de pescado crudo con unos palillos que temblaban demasiado entre sus trémulos dedos. No estaba tan tranquilo como pretendía aparentar. ¡Estupendo! Ella tampoco lo estaba.

Casi le había dado un infarto al verle aparecer en la habitación de la Torre. ¡Se suponía que estaba abajo, cenando con sus amigos, y no dando vueltas por la casa porque le habían avisado de que había un ladrón! De hecho, se suponía que ella había esquivado todas las alarmas, pero por lo visto se había dejado unas pocas.

No le había costado mucho acceder a uno de los ordenadores del polaco, al fin y al cabo, ese era su trabajo, saltarse la seguridad y buscar fallos en el sistema. Y debía reconocer que de los ordenadores que Karol tenía, solo había conseguido acceder a uno, el resto tenían un sistema de seguridad magnífico, que antes o después rompería. Solo era cuestión de tiempo. Aunque por ahora no le corría prisa. Le bastaba con tener acceso a los escasos correos electrónicos que mantenía con un tal *Zupermanchorizoconpan*, que por lo que había leído en los correos electrónicos era algo así como su asistente personal, a pesar de lo ridículo de su alias. Y mucho se temía que *Zupermanchorizoconpan* no era otro que el hombre tumbado en la mesa. Debería darle las gracias, al fin y al cabo el pelirrojo era quien la había puesto sobre la pista al decir el nombre y el apellido de su presa en el centro comercial. Y también era el que le había dado, involuntariamente, mucha información mediante los correos que mandaba su jefe, como parecía empeñarse en llamar a Karol. Gracias a esos correos había averiguado que celebrarían una cena esa noche, y había decidido aprovecharse. Pero por lo visto no había sido tan cuidadosa con sus indagaciones como había pensado.

Primero había metido la pata con el sistema de alarma al pensar que solo tendría controlado el perímetro y las puertas y ventanas de la planta baja. Por lo visto también contaba con sensores de movimiento en las ventanas de la Torre. Su siguiente error fue entrar en la habitación; se había quedado tan sorprendida al ver la extravagante estancia que se le había olvidado asegurar la puerta antes de empezar a registrarla en busca de lo que pretendía robarle. Y, por último, el fallo más garrafal de todos: en vez de salir con rapidez tras encontrar el pañuelo rojo, que por cierto estaba sobre el escritorio, se había demorado en abrir los cajones de la mesilla en busca de algún objeto que le dijera cómo era él en la intimidad, y al encontrarlo, se había quedado tan petrificada que ni siquiera le había oído abrir la puerta. La había pillado, y él, en vez de reaccionar como lo hubiera hecho una persona normal y corriente, enfureciéndose e intentando detenerla, la había mirado como si fuera un helado de chocolate que quisiera devorar... Ella no había podido resistirse a desafiarlo. Sin embargo, él había aceptado el desafío y lo había ganado, hasta el punto de obligarla a cenar con sus amigos. Y ella había estado a punto de caerse de culo por la impresión cuando había visto que la inocente cena japonesa que había intuido por correo electrónico no tenía nada de inocente.

Desde luego su ratoncito era una caja de sorpresas.

Y ella era una chica mala malísima que acababa de averiguar que disfrutaba un montón con la perversa y lujuriosa cena que su presa había montado.

Tomó un *nigiri* del pubis del pelirrojo y lo succionó lentamente mientras observaba por el rabillo del ojo la reacción del polaco. Esta no se hizo esperar, inhaló profundamente y cerró los ojos durante apenas un segundo. Más impactante fue sentir bajo la palma de su mano cómo los músculos de la pierna del hombre se tensaban para luego temblar. Sonrió al comprobar que no le resultaba en absoluto indiferente. Giró la cabeza y le miró sin disimulo. Era un hombre guapísimo. O tal vez no. Estaba demasiado delgado y había vuelto a cambiarse el pelo, se lo había cortado un poco y lo llevaba teñido de rubio, excepto por algunas extensiones rojas, azules y moradas que le caían desordenadas hasta la mitad de la espalda. Fuera como fuera a ella le resultaba muy atractivo. Sus ojos bicolores, rodeados de khol negro la tenían tan embrujada que apenas podía dejar de mirarlos. Sus labios, brillantes por el gloss la incitaban a besarlo, y sus manos... cada noche soñaba que esos dedos largos y delgados con las uñas pintadas la acariciaban, le amasaban los pechos, le recorrían la vulva y la penetraban... Un suave gemido escapó de sus labios. Y él volvió a tensarse bajo la palma de su mano a la vez que inspiraba con fuerza. Laura le observó intrigada, si no fuera porque era imposible, pensaría que podía oler su excitación y que se recreaba en ella. Pero ¿no podía tener tan buen olfato, verdad? Decidió preguntárselo.

—¿Puedes oler si estoy excitada?

La primera respuesta no vino de él, sino del único

hombre que estaba sentado a la mesa. Este se había atragantado al escuchar la pregunta y estaba tosiendo casi compulsivamente, y mientras su esposa le daba fuertes palmadas en la espalda, las novias del pelirrojo la miraban con suma atención.

Desvió la mirada hacia el hombre que tenía a su lado y levantó una ceja. Aún no le había respondido. Él se limitó a asentir lentamente con la cabeza. Ella sonrió, y separó las piernas un poco más al pensar que tenía que estar volviéndole loco porque estaba tan excitada que tenía las braguitas empapadas. Y aun así, él mantenía el control. Lo admiró por ello. Era duro de pelar. No cabía duda de que disfrutaría haciéndole caer.

Continuó cenando en silencio mientras escuchaba con atención la conversación que se desarrollaba a su alrededor. Él tampoco habló. Estaba perdido en sus pensamientos o luchando contra la lujuria. Laura prefería pensar que se mantenía silente debido a esto último.

Tiempo después el cuerpo del pelirrojo quedó limpio de comida y las dos rubias dieron por finalizada la cena a la vez que les instaban a retirarse a otra zona del salón para degustar las bandejas que habían preparado con dulces. De esa manera, ellas podrían desatar al joven tras los biombos que habían colocado para ocultar y separar la mesa, y dejarle así tiempo e intimidad para que se duchara y recuperara.

Karol, Eber y Sofía asintieron a la vez que se levantaron, y a ella no le quedó otra opción que seguirles, aunque por dentro se moría de ganas de ver cómo desataban el *bondage*. Karol se disculpó un momento para ir a la cocina a por los postres y el café, y ella atravesó junto al matrimonio el inmenso salón hasta llegar a un sillón rojo de orejeras rodeado por varios sofás de piel negra. La pareja se sentó en uno de ellos, y ella, sin saber bien el porqué, se dirigió al sillón rojo y, descalzándose, se sentó en él con los pies bajo su trasero.

—Ese es el sitio de Karol... —le dijo Sofía en voz baja.

—Ya no —replicó ella guiñándole un ojo.

—¿También vas a robarme mi sillón? —le llegó la voz de Karol a su espalda.

Laura se giró para mirarle, la había pillado in fraganti.

—¿También? Que yo sepa no te he robado nada... por ahora —respondió sin levantarse.

—Sí lo has hecho —masculló él dejando la bandeja sobre la mesa y sentándose en uno de los sofás.

—No. No lo he hecho. Te he devuelto el pañuelo, por tanto, eso no cuenta —rebatió divertida.

—No me refería al pañuelo —objetó, y sin dar más explicaciones tomó un sorbo de café.

Ella enarcó una ceja antes de asir una taza e imitarle.

Él le respondió en silencio, solo con la mirada, esperando que ella no supiera interpretar el mensaje de sus pupilas. «Me has robado el control, mi placer solitario, mis sueños y mis noches, mis sábados aburridos, mis días en soledad y mis deseos de ignorar el amor.»

Se observaron mientras Eber y Sofía contemplaban petrificados el cruce de miradas. Pasados unos instantes, el matrimonio comenzó una conversación, más por matar el tiempo que porque tuvieran nada importante que decir, que sí lo tenían, pero no delante de Laura, y tal vez tampoco en presencia de Karol.

Cuando un rato después el pelirrojo y sus novias entraron en el salón, un incómodo silencio había caído sobre los que estaban allí, aunque por mor de la verdad, el silencio solo era incómodo para Eber y Sofía. Karol y su ladrona ni siquiera eran conscientes de ello.

Zuper se dejó caer en uno de los sofás y cogió un pastelillo con manos temblorosas, más por llevar algo a su estómago que porque tuviera hambre. Estaba extenuado. Y no solo por los nervios y la cena, sino por la manera, rápida y eficaz, en que las chicas lo habían relajado tras esta. ¡Era increíble la cantidad de cosas que se podían hacer bajo la ducha en menos de media hora!

Karol desvió la mirada de Laura y observó a sus amigos. Todos le miraban con expectación. Intuyó que se preguntarían qué iba a hacer a continuación. De hecho, él mismo se lo preguntaba. Miró el reloj de su muñeca. Era tarde, no demasiado, pero sí lo suficiente como para ir pensando en bajar a los santuarios para que sus amigos se… relajaran, y para que después les diera tiempo a dormir unas cuantas horas antes de acudir a sus respectivos trabajos. Al fin y al cabo, era jueves, y al día siguiente tendrían que madrugar. Se mordió los labios, repentinamente nervioso ante la perspectiva de quedarse solo. Con ella.

Cerró los ojos, sopesando sus opciones y cuando los abrió había tomado una decisión. No se arriesgaría más esa noche. Estaba a punto de perder el control, y eso era algo que no podía permitirse.

—Mis amigos están cansados, yo también. Es hora de que nos retiremos a nuestras habitaciones —dijo mirando a su ladrona. Esta le dedicó una espléndida sonrisa que se convirtió en un gesto de sorpresa cuando continuó hablando—. Te pediré un taxi para que regreses a tu casa.

Percibió las miradas alucinadas de todos sobre él. Y no le extrañó en absoluto. Él nunca se comportaba así, estaba siendo grosero, y lo sabía, pero no podía aguantar un segundo más a su lado, oliéndola y deseándola. El taxi era la mejor solución, y así de paso conseguiría saber dónde vivía. De esa manera si no acudía a su cita de los sábados sabría dónde encontrarla. Observó al pelirrojo con los ojos entrecerrados y asintió con la cabeza. Sí, Zuper se ocuparía de sobornar al taxista y hacerle soltar la lengua.

Laura arqueó una ceja y negó con la cabeza.

—No es necesario que te molestes. He traído mi propio coche —afirmó antes de levantarse del sillón—. Ha sido un verdadero placer conoceros —enronqueció la voz al decir «placer» y, tras esto, se dirigió a la puerta sin mirar atrás.

Todos los presentes en el salón la observaron asombrados.

¿Todos?

No.

Hubo uno que mantuvo la mirada fija en el suelo mientras se recordaba a sí mismo los motivos por los que la había echado de su casa, perdiendo la posibilidad de invitarla a su cama y besarla, tocarla, saborearla... Y no solo eso, también había perdido la posibilidad de poder encontrarla si ella decidía no seguir jugando al gato y al ratón con él. ¡Maldita fuera!

—¡Eres imbécil! —exclamó Zuper dando voz a los pensamientos de todos—. ¿Por qué la has echado?

—Estoy cansado... —musitó Karol negando con la cabeza a la vez que se levantaba decidido a esconderse en su habitación de la Torre.

Se detuvo antes de dar dos pasos, consciente de que acababa de mentir a sus amigos. Esa misma tarde había intentado engañarse a sí mismo, y ahora lo hacía con ellos. ¿Dónde había quedado su promesa de no volver a mentir? Se giró y los miró. Ellos le observaban inmóviles, sus caras reflejaban la preocupación que sentían por él, y también lo que pensaban de él. Que era un idiota. Pero no lo era. Era...

—Soy un cobarde —afirmó, luego se dio media vuelta, cogió el mando a distancia de las puertas que protegían su propiedad y salió de la casa para atrapar a la ladrona que le estaba robando el alma.

No la invitaría a pasar la noche con él, ¡eso nunca!, pero le arrancaría una promesa.

Cuando salió de la casa ella estaba a medio camino de las puertas del muro que rodeaba la finca. No cabía duda de que le gustaba caminar rápido. Y menear bien el culo. Perdió unos segundos en contemplar cómo sus perfectas nalgas se movían voluptuosas bajo la ajustada tela roja, y luego perdió otro instante en recolocarse la erección en los pantalones para que le permitiera correr y alcanzarla.

—No es necesario que me sigas. No pienso esconderme bajo las piedras para regresar cuando estés dormido y atacarte mientras sueñas —gruñó ella cuando él la alcanzó.

—No sería la primera vez que lo haces... —masculló él entre dientes.

Laura se giró al escucharle. ¿De qué demonios estaba hablando? Le vio fruncir el ceño, disgustado por haber hablado más de la cuenta, e intuyó a qué se había referido... Por lo visto no era la única que tenía sueños húmedos por las noches. Esbozó una sonrisa engreída y continuó caminando en dirección a las puertas.

Karol se encogió de hombros, negó con la cabeza y la acompañó. Y mientras caminaba a su lado, no dejó de pensar en la manera de obtener la promesa que deseaba. Y también en lo hermosa que era. Y en lo bien que olía. Y, sobre todo, ante todo, por encima de todo, no dejó de pensar en lo traviesa que era, en su sinceridad brutal, en la diversión que leía en sus ojos cuando lo desafiaba, en su manera de ser, provocadora y franca, sin subterfugios ni ambages. Sin disfraces ni máscaras. Y tuvo que reconocer que si antes lo tenía hechizado, ahora, se sentía profundamente fascinado.

Llegaron hasta el muro que delimitaba la propiedad, y ella se dio la vuelta, apoyó la espalda en las puertas y se cruzó de brazos a la vez que arqueaba una ceja.

—El final del camino de baldosas amarillas —comentó—. ¿Qué vas a hacer ahora? ¿Me seguirás hasta mi coche para comprobar que me voy? ¿Te abalanzarás sobre mí y me follarás contra las puertas? O, ¿tal vez esperas que caiga de rodillas a tus pies, te baje los pantalones y te coma la polla? —le preguntó esbozando una traviesa sonrisa. Sabía de sobra que su ratoncito solo contemplaba la primera opción, se controlaba demasiado, y se mantenía excesivamente distante como para pensar siquiera en las otras dos... pero era tan divertido picarle.

Karol inspiró profundamente, se tambaleó apenas, apretó los dientes y cerró los ojos. Cuando los volvió a abrir segundos después la determinación brillaba en sus iris bicolores.

—Volverás al centro comercial el sábado —dijo. Y no era una pregunta.

—¿Lo haré? —inquirió ella burlona y a la vez fascinada por la contención de la que hacía gala, porque si algo tenía claro, era que la deseaba, y mucho. Y justo por eso se empeñaba en desafiarle, quería saber hasta qué punto era capaz de rechazarla, y cuando lo comprobara, sería ella quien lo rechazara a él.

—Lo harás —aseveró apoyando las manos a ambos lados del rostro femenino.

—Me tienes acorralada contra la puerta como si fuera una virginal dama y, ¿solo me exiges eso? No quieres…

—No —gruñó él interrumpiéndola.

—Oh, qué decepción —murmuró irónica antes de doblar las rodillas, girar sobre sí misma y zafarse de él—. La próxima vez que quieras atraparme te sugiero que pegues tu cuerpo al mío, si no, volveré a escaparme. —Parpadeó exageradamente, como si estuviera a punto de hacer pucheros como los niños pequeños—. Quizá es eso lo que quieres, que desaparezca para siempre.

—El sábado… —exigió Karol. Estaba harto de jueguecitos. Quería su promesa de que volvería a verla. Y quería que después se marchara y le dejara en paz para poder enfrentarse a sus demonios—. Quiero tu promesa de que acudirás el sábado a nuestra cita… o no abriré las puertas —la amenazó a la vez que señalaba con la mirada las altas puertas de hierro forjado.

—No necesito que las abras —replicó Laura divertida. Karol la miró atónito—. Oh, por favor, no seas ingenuo. ¿Cómo crees que he entrado? —Apoyó la espalda en las imponentes puertas de hierro forjado—. Dame un buen motivo para ir al centro comercial el sábado, y tal vez vaya.

—Quiero volver a verte allí. —«Porque allí no puedo tocarte, besarte, follarte sin que se nos echen encima los guardias de seguridad. Es el único sitio en el que me siento seguro contigo, el único lugar en el que sé que no voy a permitir que mi control flaquee.»

—¿Por qué? —le retó con la mirada.

Él apretó los dientes, negándose a contestar.

«Porque sentí que se me desgarraban las entrañas cuando comprobé que no estabas.»

—Mi ratoncito quiere seguir jugando al gato y al ratón... —susurró ella con voz ladina.

—No soy tu ratoncito. Soy el gato.

—¿Eso crees? —comentó Laura antes de girarse, dar un salto y, aferrándose a las rejas, trepar con agilidad hasta el final de la puerta—. No eres un gato. Eres un ratoncito, y estás asustado —aseveró antes de saltar al otro lado y perderse en la oscuridad.

Karol abrió la boca en un rugido mudo mientras todos los instintos y deseos que había estado reprimiendo durante tanto tiempo estallaban en su interior. Metió la mano en el bolsillo y apretó el botón del mando a distancia. No esperó a que las puertas se abrieran por completo para traspasarlas. Echó a correr en la dirección en que la había visto irse y la alcanzó apenas un minuto más tarde, cuando ella estaba a punto de llegar a una vieja furgoneta aparcada a un lado del camino que terminaba en el Templo.

La agarró por la muñeca, tiró de ella y la empujó contra el muro que rodeaba su propiedad.

—No estoy asustado —le espetó antes de cernirse sobre ella y besarla.

Con brusca premura. Con imparable pasión. Con salvaje desesperación.

La sujetó por la cintura con una mano y asiendo su cabello con la otra tiró de él, obligándola a alzar la cabeza y aceptar su beso. Ella respondió mordiéndole el labio inferior. Él gimió hundiendo la lengua en su boca, ella le obligó a luchar contra la suya, y él peleó con furia por saborearla, por lamerla, por beber de ella. Y mientras lo hacía, inhalaba codicioso el aroma que emanaba de ella, deleitándose en él, perdiéndose en él.

Laura se arqueó, frotando las endurecidas cimas de sus pechos contra el torso masculino. Karol deslizó los dedos por la espalda femenina hasta anclarlos a su trasero, pegándola a su rígida erección. Ella respondió a sus caricias desabrochándole el pantalón para después hundir la mano bajo la tela y aferrarse con avaricia a su polla. Karol se apartó de ella con la respiración acelerada y la mirada endurecida.

—¡No! —rugió agarrándola de la muñeca y obligándola a apartarse de su verga—. ¡Mi placer es solo mío! Solo yo lo controlo. Solo yo provoco mis orgasmos. ¡Nadie más! —Le sujetó las manos con una de las suyas, y las apretó contra el muro, por encima de su cabeza—. No puedes tocarme, no puedes follarme, no puedes obligarme a desearte. No tienes poder sobre mí. Nadie lo tiene —gimió mirándola atormentado mientras las aletas de su nariz temblaban al inhalar su poderosa esencia.

Luego sacudió la cabeza y sin soltarla, pegó su erección a su voluptuoso cuerpo y volvió a abalanzarse sobre sus labios. Y mientras la besaba con ferocidad no exenta de dulzura, deslizó la mano libre por su cuello, recorrió la clavícula y al llegar al escote de la camiseta roja que ella llevaba, lo rasgó de un tirón, ávido por sentir en las yemas de los dedos la suave caricia de su piel. Se demoró en sus pezones, los rodeó con los dedos índice y pulgar y jugó con ellos hasta que estuvieron tan duros que ella jadeó en su boca. Y él siguió besándola, incapaz de dejar de beber de ella. Y mientras se perdía en su sabor, se obligó a luchar por dominarse, por recuperar el control que hacía tiempo había perdido. Dejó de mecer su rígida polla contra ella y exigió a su mano que abandonara el cálido refugio de sus pechos para deslizarla por su estómago, por su vientre, hasta llegar a la cinturilla de los *leggins* rojos. Hundió los dedos bajo la elástica tela, se coló bajo el encaje de sus bragas y acarició el paraíso que tantas veces se había prohibido imaginar, soñar, desear. Sintió su polla palpitar con fuerza contra los calzoncillos, sus testículos alzarse expectantes por derramar su simiente y, para torturarse más todavía, ahuecó la mano, separó de la piel la tela que cubría el pubis de su ladrona e inhaló con fuerza la fascinante esencia de la excitación femenina. Se quedó inmóvil al sentir que sus sentidos se colapsaban al borde del éxtasis, y luego, ella se movió contra su mano, desafiándole a continuar.

Y él continuó.

La besó de nuevo y luchó contra su lengua mientras penetraba con un dedo su vagina. Ella separó más las piernas y se alzó sobre las puntas de sus pies sin dejar de gemir en su boca. Y él en respuesta, alejó más su frustrada verga de las caderas femeninas, y añadió un dedo al que la invadía a la vez que posaba el pulgar sobre el tenso clítoris. Los fluidos femeninos le empaparon la mano cuando sacó los dedos de su interior y posó la palma sobre su vulva para frotarla con lascivia no contenida. Ella se apartó de los labios que saqueaban su boca y negó con la cabeza mientras luchaba por respirar. Él se lo permitió durante un instante, luego volvió a besarla, apoyó la palma de la mano contra su clítoris, y hundiendo dos dedos en su resbaladiza vagina, los curvó en su interior y frotó con pericia ese punto especial, lanzándola a un orgasmo devastador. Y mientras ella gritaba de placer, él hundió la nariz en su cuello e inhaló con fuerza el aroma de su orgasmo. Continuó acariciándola hasta que dejó de sentir las contracciones de las paredes vaginales contra sus dedos y, entonces, le soltó las manos que aún mantenía presas sobre su cabeza, la sujetó por las axilas, dejándola resbalar contra el muro hasta que quedó sentada en el suelo, y se apartó de ella.

Todavía erecto.

Todavía excitado.

Todavía luchando contra sus deseos mientras intentaba recuperar el control que apenas poseía.

—Solo yo controlo mi placer —afirmó mirándola a los ojos.

Esperó hasta que el velo de embriaguez que cubría los ojos de su ladrona se desvaneció, dando paso a un sorprendido estupor cuando comprendió el significado de sus palabras y, entonces, se dio media vuelta para regresar al Templo. Antes de llegar a las puertas de hierro, se giró hacia ella.

—Te veré el sábado en el centro comercial. —No era una pregunta. Era una orden.

Karol esperó hasta que ella asintió con la cabeza y luego traspasó las puertas. Esperó hasta que estas se cerraron y, esquivando el camino de baldosas amarillas, se internó en el jardín de piedras. Caminó con tensa rigidez hasta llegar a uno de los enormes menhires y, tras apoyar la espalda contra este, metió la mano bajo sus pantalones todavía desabrochados y aferró con fuerza su erecto pene. Negó con la cabeza y se mantuvo inmóvil durante unos segundos, los que tardó su voluntad en perder la batalla contra sus deseos. Se llevó a la nariz la mano libre, aquella con la que había tocado, acariciado y penetrado a su ladrona, e inspirando profundamente comenzó a masturbarse. Un instante después cayó de rodillas mientras todo su cuerpo temblaba y un grito silente abandonaba sus labios. Parte del semen derramado regó las piedras que había bajo él, llevándole el aroma de su propio placer y mezclándolo con el de ella, formando un todo en el que era imposible distinguir una esencia de la otra.

Se tumbó de espaldas y observó la sonrisa taimada de la luna.

—Solo yo me proporciono placer —afirmó con socarrona ironía mientras elevaba la mano con que la había acariciado para observarla. La misma mano impregnada en sus fluidos que le había llevado a un orgasmo fulminante solo con olerla.

Sacó el pañuelo del bolsillo para limpiarse el escaso semen que manchaba su ingle. Se detuvo petrificado antes de hacerlo y miró la exquisita factura del trozo rojo de seda salvaje que siempre le acompañaba. Lo usaba para restringir sus deseos, para dominar su excitación... porque ese había sido el último regalo que Laska le había hecho. Lo impregnaba con Chanel n.º 5, la colonia que ella usaba, y se lo llevaba a la nariz cuando estaba excitado y quería dejar de estarlo. Era su amargo tributo hacia ella. Y ahora el pañuelo olía a la ladrona. A Laura. Se lo llevó a la nariz e inspiró despacio. Sí, por debajo del perfume podía captar su aroma. Lo miró con los ojos entrecerrados y antes de pensar en lo que estaba haciendo, se limpió con él la mano con que la había acariciado, impregnándolo del aroma de la excitación femenina. Luego lo dobló con cuidado y se lo volvió a guardar en el bolsillo para a continuación levantarse del suelo, recomponer su vestuario y encaminarse hacia su casa.

Υ

—¿No tenéis nada mejor que hacer? —espetó furioso a sus amigos cuando entró en el salón y se los encontró esperándole. ¡Acaso no podían darle unos momentos de tranquilidad! Luego sacudió la cabeza. Ellos no tenían la culpa de que se encontrara tan confuso—. Perdonadme —se apresuró a disculparse—. Estoy muy cansado, no sé lo que digo.

—Lo imaginamos —aceptó Eber levantándose del sillón para acercarse a él.

—Bajad a los santuarios, por favor. Luego me reuniré con vosotros... —dijo apartándose del alemán antes de que este llegara hasta él

—Como quieras, pero, si en algún momento de la noche te apeteciera hablar...

—No me apetecerá —aseveró Karol dirigiéndose al mueble bar para coger una botella de Żubrówka y dar un trago de ella.

Eber negó con la cabeza ante el gesto de su amigo, y luego se giró hacia las mujeres y el hombre que le miraban preocupados desde el otro extremo del salón. Se encogió de hombros indicándoles que no sabía que más hacer y caminó hacia ellos a la vez que señalaba la Torre con los ojos, indicándoles que se dirigieran allí. Sofía, Alba, Elke y Zuper se miraron entre sí, y negaron con la cabeza.

—Está agotado y confundido, dejémosle tranquilo —les susurró al pasar junto a ellos.

—Por supuesto que no —siseó Elke enfadada por la indiferencia de su hermano.

—Eber tiene razón, vamos a la mazmorra —susurró en ese momento Zuper con voz taimada.

—¿Vas a bajar a la mazmorra? —inquirió Sofía perpleja. Tenían cosas mucho más importantes que hacer que retirarse a los santuarios a hacer el amor. Entre ellas, cuidar de su amigo. Zuper no podía ser tan egoísta...

—Sí. Vamos a reunirnos todos en la mazmorra —aseveró Zuper ante la mirada estupefacta de sus compañeros—. Reagruparemos nuestras fuerzas y trazaremos un plan mientras él se queda solo y confiado —afirmó el pelirrojo en voz muy baja abriendo las puertas de la Torre.

—Mi chico es un genio haciendo planes —musitó Alba siguiéndole.

Karol los observó hasta que desaparecieron tras las puertas de la Torre y luego se sentó en su sillón rojo y dio un nuevo trago a la botella de vodka.

—Debería subir y ducharme —musitó para sí a la vez que negaba con la cabeza.

Olía tanto a sexo que estaba seguro de que incluso sus amigos podrían olerlo. Pero no encontraba la voluntad necesaria para hacerlo y dejar de oler a ella, al menos no tan pronto. Y por otro lado tampoco se sentía con fuerzas para enfrentarse a lo que se encontraría tras la puerta de su habitación en la Torre. Su refugio privado había sido violado... por ella. Las sábanas de su cama olerían... a ella. El arnés con el que a veces se masturbaba, y la jaula con la que contenía los deseos de su polla habían sido tocados... por ella. Su refugio privado ya no lo era, y mucho se temía que en vez de enfurecerle, le complacía. Dio otro trago a la botella de vodka antes de dejarla en el suelo y cerrar los ojos.

Y los mantuvo cerrados hasta que el ruido de pasos junto a él le instó a abrirlos.

—¿Qué...?

—¿Quién era esa mujer, y qué te pasa con ella? —le interrumpió Eber sentándose frente a él en el mismo sofá que Zuper estaba ocupando en esos momentos.

—¿Qué hacéis aquí? Deberíais estar con vuestras mujeres —les espetó Karol, asombrado de verlos allí. No hacía ni quince minutos que se habían ido.

—Ellas también querían subir a hablar contigo, pero las hemos convencido de que esta es una conversación de hombres —afirmó Zuper centrando su mirada en él—. ¿Quién es ella, y por qué no querías que me tocara?

Karol

Me froto los ojos como si estuviera cansado, pero no lo estoy. El derecho me llora y me pica, pero no es por sueño o cansancio, sino porque lleva demasiado tiempo expuesto a la luz. Necesito ponerme el parche, o mejor aún, cerrarlo. Cualquier cosa que impida que la luz siga atacando su sensible pupila será bien recibida. Pero no puedo hacer nada excepto frotármelos con las yemas de los dedos mientras limpio con disimulo las lágrimas que se vierten desde el lagrimal. Si no lo hago así mis amigos pensarán que estoy llorando, y eso no es cierto. Hace más de tres años que lloré por última vez, y no pienso volver a hacerlo. Tampoco puedo cerrar los ojos y fingir que duermo, pensarían que los estoy ignorando, y no es eso lo que deseo. Solo quiero que cesen de interrogarme, que se olviden de mí, que bajen a sus santuarios y disfruten del amor que se profesan mientras yo regreso a mi refugio privado y me hundo en la desesperación. No pido demasiado, pero ellos no me lo conceden.

Les observo desde mi trono de sangre, comienza a amanecer y siguen a mi lado. Han pasado toda la noche conmigo. Primero Eberhard y Zuper, intentando averiguar lo que yo no quiero contar, dándome consejos estériles que no necesito, animándome a tomar a aquella que no deseo, o que deseo demasiado. Luego se unieron al interrogatorio Sofía, Alba y Elke.

Las mujeres no son el sexo débil, Zuper tenía razón en eso.

Ellas no indagan, aconsejan o sugieren. Ellas preguntan y exigen respuestas. Ellas me dicen lo que debo hacer y exigen que lo haga. Ellas hurgan inmisericordes en mi corazón y reclaman que les cuente todos mis anhelos. No lo hago. Y ellas me presionan sin compasión, obligándome a ver lo que no quiero ver. A sentir lo que no quiero sentir. A aceptar lo que de ninguna manera voy a aceptar. Y yo sigo callado.

—Te gusta Laura y tú le gustas a ella, de eso no cabe ninguna duda, ¿por qué no te das una oportunidad? Quizá el amor esté llamando a tu puerta y tú lo estás rechazando solo porque estás asustado. —Elke repite por enésima vez las mismas palabras que llevo escuchando toda la noche.

La miro y sonrío. Alba y Sofía me devuelven la sonrisa mientras asienten con la cabeza. Yo niego divertido. Así son las mujeres. Todo lo ven de color rosa. Pero mis colores son el negro desesperación y el rojo rabia. No hay cabida para el rosa en mí.

—Joder, tío, si al menos nos dijeras algo podríamos intentar entenderte… pero te quedas ahí quieto y niegas con la cabeza. ¿Qué pasa? ¿Te ha comido la lengua el gato?

Ese es Zuper, tan certero como siempre. Sus palabras ocultan una verdad que no estoy dispuesto a admitir. Sí, una gata me ha comido la lengua… y me ha encantado que lo hiciera. Y eso me aterroriza.

—Es por ellos... —oigo el murmullo de Alba en ese momento. Todos lo oímos—. Por Tuomas, por Laska y tu padre, por lo que sea que te hicieron... Tienes miedo de que se vuelva a repetir y por eso te niegas a darte una oportunidad.

Me levanto del sillón, no quiero escucharla. Es más, no quiero que los demás la escuchen. Y solo se me ocurre una manera de evitarlo.

—Estoy muy cansado, me retiro a mi cuarto, vosotros deberíais hacer lo mismo.

—No te vayas, habla con nosotros... Te conozco, sé lo que te pasa, y lo que piensas.

Me revuelvo rabioso contra sus palabras. ¡Nadie me conoce! ¡Nadie puede ver el interior vacío que hay bajo mi piel! Yo mismo me he encargado de eso.

—No me conoces, Alba. Ninguno lo hacéis. Solo sabéis lo que yo os permito saber.

—Karol... A mí no me dejaste huir y esconderme. ¿Qué te hace pensar que yo voy a permitir que huyas? —Ese es Eberhard, el más antiguo de mis amigos, también el que mejor me conoce, al que revelé parte de mi alma mientras intentaba salvarle.

Sacudo la cabeza y escapo a mi refugio privado. Y ellos lo permiten, saben que aunque estoy exhausto todavía no me he quedado sin la voluntad de seguir ocultando mis secretos.

¿Cómo hacerlo sin perderme de nuevo en ellos, sin ahogarme en la desesperación al recordarlos? Tardé dos años en aprender a aborrecer la esperanza. He pagado con sangre cada uno de los sueños que he tenido, y aun así ninguno se ha cumplido. Y ahora pretenden que vuelva a bajar mis defensas y confíe en alguien por quien puedo llegar a sentir algo parecido al amor. Que vuelva a acariciar la idea de rendirme a la ilusión.

¿Otra vez? No, gracias. Me ha costado mucho controlar mis anhelos como para caer de nuevo en la tentación.

Abro la puerta de mi habitación en la Torre y entro remiso en ella. Ya no es mi refugio privado, la esencia de ella inunda la estancia, vibra en el aire, me acaricia intangible.

—Laura.

No puedo evitarlo, pronuncio su nombre, lo paladeo, lo saboreo, dejo que inunde mi boca, lo esculpo en mi lengua, en mi paladar, en mis labios.

Sacudo la cabeza y me dirijo a las ventanas con la intención de abrirlas, de dejar que el aire barra la habitación y se lleve su aroma. Me detengo antes de hacerlo. Miro mi lecho y recuerdo que la he tenido bajo mi cuerpo, contra mis sábanas. Me desnudo con rabia, sin importarme que los botones de mi camisa salten, y me tumbo boca abajo en la cama. Hundo la nariz en la almohada, en el mismo lugar en el que su cabeza ha reposado. Inhalo con fuerza, ávido de sentir su aroma recorriendo de nuevo mi sangre. Mezo mis caderas contra el lugar donde ha estado tumbada, froto mi polla erecta contra las sábanas que han acogido su cuerpo. Y mientras lo hago, recuerdo el tacto de su piel, el sabor de sus labios, los sonidos que escapaban de su boca mientras la llevaba al orgasmo. Continúo masturbándome contra las sábanas hasta que mi pene está tan duro que me duele, hasta que mis testículos están tan tensos que sé que estoy a punto de eyacular. Y entonces, me detengo. Me bajo de la cama y entro en el cuarto de baño, decidido a recordarme lo mucho que duelen los sueños, lo agónica que puede ser la esperanza. Me meto en la bañera, coloco el cabezal de la ducha para que el agua salga en forma de chorro para masaje, elijo el más fuerte de todos. Luego abro el grifo de agua fría, separo las piernas, apoyo una mano en la pared, y aferrando con fuerza la ducha, la dirijo a mi lasciva polla. El dolor que siento está a punto de hacerme caer, de hacerme gritar. Aprieto los dientes, yergo la espalda elevando las caderas y aguanto. Aguanto hasta que mi pene queda laxo y mis testículos se encogen, y entonces regreso a la cama, tomo el cinturón de castidad que uso cada noche desde hace una semana y encierro mi polla en la jaula.

Ninguna ladrona va a dominar ni controlar mi placer.

Cierro los ojos y la veo. Quiere invadir mis sueños. Me obligo a pensar en la cena que tendrá lugar en mi casa dentro de una semana. Tuomas quiere verme y yo se lo voy a conceder. Bajo mis términos. Un pensamiento se cuela en mi cabeza justo cuando el sueño por fin me vence... ¿Intentará Laura colarse en mi casa durante la cena?

Sonrío.

Laura

*M*e abraso. Me quemo por dentro.

Sus caricias no han sofocado el infierno que arde en mi interior. Al contrario, lo han avivado. ¿Acaso se cree que con sobarme un poco es suficiente? Pues se equivoca. Y mucho. Ahora quiero más. Y no tengo modo de conseguirlo a no ser que pise el freno, conduzca de regreso a su casa y tras volverme a colar en ella, le viole. ¡Y por Dios que estoy tentada a hacerlo!

—Solo yo controlo mi placer —murmuro imitándole burlona a la vez que piso el acelerador, estoy deseando llegar a mi casa—. No puedes tocarme, no puedes follarme, no puedes obligarme a desearte… Oh, claro que puedo, ratoncito. Ya me deseas, y ya te he tocado… solo es cuestión de tiempo que te folle.

Entro en mi diminuto piso, me ducho con agua fría para calmarme un poco, y tras ponerme una camiseta y unas bragas, tomo una botella de agua helada de la nevera. Me la bebo mientras paseo rabiosa por mi pequeño refugio meditando sobre cuál será mi próximo paso. Me detengo al sentir a *Pixie* enredándose en mis pies, espero a que trepe hasta mis hombros y luego continúo dando vueltas a la vez que acaricio su suave pelaje.

—Me desea, lo sé —le digo sin dejar de recorrer mi diminuto piso—. Y me quiere solo para él, eso ha quedado claro en la mesa cuando he intentado jugar con el pelirrojo. Pero aun así, me ha rechazado. ¡Malditos sean él y su jodido control! Pero no es control, es miedo.

Me detengo en mitad del piso, dejo a *Pixie* en el suelo y me siento frente al ordenador. Lo enciendo.

Me desea, pero no quiere desearme. Lo he visto en sus ojos, en su rabia al acariciarme. Me desea y a pesar de eso, me rechaza. Me rechaza, y a la vez me exige que vuelva a verle, pero solo en el centro comercial. ¿Por qué? ¿Qué hay en el centro comercial que le hace olvidar sus reparos? Abro la página web del centro comercial y paso con vertiginosa rapidez por los enlaces a sus tiendas. Mirar la pantalla del ordenador me calma, ese es mi mundo, el lugar en el que soy dios. Las imágenes pasan ante mis ojos y solo veo lo que he visto siempre, gente, tiendas, cafeterías, hombres, mujeres y niños paseando...

—Está claro que ser mala malísima no me exime de ser estúpida —musito al darme cuenta de lo que no he sabido ver hasta ahora mismo.

No hemos estado jugando al gato y al ratón. Él nunca ha sido mi presa. Yo siempre he sido la suya. Me ha estado persiguiendo, escudando su deseo tras la seguridad que le dan las personas anónimas que le impiden perder su amado control y lanzarse sobre mí.

¿Por qué tiene miedo de desearme?

Nota de la autora

𝒴 con esto llegamos al final del tercer libro de las Crónicas del Templo. Creo que este libro es todavía más arriesgado que el anterior... y puedo aseguraros que lo será menos que los dos que le siguen.

Todas las historias de las Crónicas han ido in crescendo, tanto en su parte erótica como en su mundo interior. Y soy plenamente consciente de ello. De hecho, cuando me puse a escribir esta serie supe que libro a libro iría adentrándome cada vez más en temas cuanto menos espinosos. Y va a ir a más, porque Karol ha visto mucho, ha vivido mucho y tiene muchos demonios interiores... y en los próximos libros nos lo va a ir contando. Poco a poco, como es él. A regañadientes. Obligado por sus amigos, y, sobre todo, obligado por Laura.

Karol es un hombre muy especial, y sus amigos son su justo contrapunto. Pues aunque Karol es la base sobre la que todo gira, son Alba, Zuper, Elke, Eber, Sofía y Tuomas los que hacen que todo gire, que todo se desvele. Pero va a ser Laura la que ponga el dedo en la llaga, la que, como bien dicen Alba y Elke, le va a hacer caer. De rodillas. Y cuando eso ocurra, temblaréis.

Noelia Amarillo

Nació en Madrid el 31 de octubre de 1972. Creció en
Alcorcón (Madrid) y cuando tuvo la oportunidad se
mudó a su propia casa, en la que convive en democra-
cia con su marido e hijas y unas cuantas mascotas. En
la actualidad trabaja como secretaria en la empresa fa-
miliar, disfruta cada segundo del día de su familia y
de sus amigas y, aunque parezca mentira, encuentra
tiempo libre para continuar haciendo lo que más le
gusta: escribir novela romántica.